Foto © Hussina Raja

26.4.'23

Der Schwarze Flamingo

Der Schwarze Flamingo

DEAN ATTA

Aus dem Englischen von Ọlaide Elisabeth Frank

KATALYST VERLAG

CONTENT NOTE

Die Charaktere in »Der Schwarze Flamingo« sind mit vielen Situationen konfrontiert, die Leser*innen als belastend und stressig empfinden können. Die Geschichte umfasst unter anderem Homofeindlichkeit und Rassismus (auch verinnerlicht), Sexismus, Mobbing, Drogenkonsum, toxische Männlichkeit, elterliche Abwesenheit, finanzielle Unsicherheit, sexuelle Aktivitäten mit zweifelhaftem Einverständnis einer der Parteien und Gewalt (auch elterlicher). Wenn Du auf eines der oben genannten Themen besonders empfindlich reagierst und dieses Buch trotzdem lesen möchtest, stelle sicher, dass Du die Unterstützung deines Umfelds hast.

1. Auflage 2023
ISBN 978 3 9493152 68 | Katalyst #003
Katalyst Verlag ist eine Marke der Luna Ventures GmbH, Prenzlauer Allee 186, D-10405 Berlin

www.katalystverlag.de
Übersetzung: Ọlaide Elisabeth Frank
Sensitivity Reading: Marius Schaefers
Korrektorat: Sophie Niemann
Satz: Arnold & Domnick, Leipzig
Verleger*innen: Anna & Lukas Kampfmann
Gedruckt auf Papier aus verantwortungsvollen Quellen in Polen.

MIX
Papier | Fördert gute Waldnutzung
FSC® C163799

Für George

PROLOG

Ich bin der Schwarze Flamingo.
Der Schwarze Flamingo bin ich.
Im Versuch, mich selbst zu finden.
Dieses Buch ist ein Märchen,
in dem ich der Prinz bin
und die Prinzessin. Ich bin
der König und die Königin.
Ich bin meine eigene böse Hexe und gute Fee.

Dieses Buch ist ein Märchen,
ich werde verflucht
und gesegnet, von anderen.

Doch zu guter Letzt bin ich die Fee,
die ihre eigene Magie findet.

Wenn weibliche Flamingos im Zoo Eier legen, werden die Eier entnommen und in Brutkästen getan. Die Tierpfleger*innen geben den Flamingo-Paaren Eierattrappen zum Nisten, während sie deren Verhalten beobachten, um herauszufinden, wer die besten Flamingo-Eltern sind. Wenn die ausgebrüteten Eier kurz vor dem Schlüpfen sind, entscheiden sie, welches Paar die echten Eier bekommt und welches jene, die niemals wertvolles Leben enthielten.

Ich fühle
mich oft wie
ein schlechtes Ei,
das nicht hätte sein
sollen, wie ein Attrappen-
Ei, geschlüpft, eine unmög-
liche Sache und doch irgendwie
am Leben und Gedeihen, sich der
Intention der Tierpfleger*innen
widersetzend, ein Experiment, das sie
beobachten und bei dem sie geduldig
warten, um zu sehen, was aus mir
wird, um zu sehen, wie ich überlebe,
ohne vollkommene

Liebe.

Ich bin in London geboren,
zwei Monate vor dem Ende der Welt,
am 31. Oktober 1999.

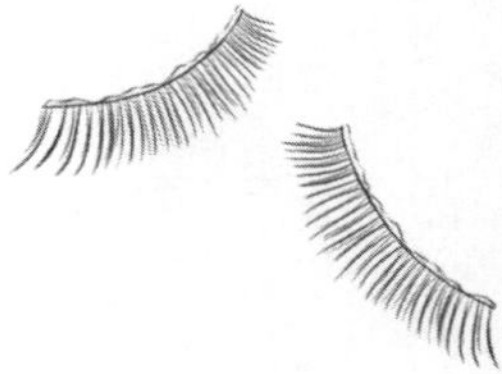

Mami sagt mir:
»Als wir näher an das Millennium kamen,
dachten Leute, Flugzeuge würden vom Himmel fallen
und die Uhren in Computern sich einhundert Jahre
zurückdrehen. Aber die Zeit kann man nicht zurückdrehen.
Wir können uns nur vorwärtsbewegen.«

Ich bin ein Baby, gerade geschlüpft.
Meine einzigen Federn sind meine winzigen Wimpern.

Wegen meines Gluckerns höre ich nicht,
wie mein Dad zu Mami sagt: »Ich bin zu jung,
um Vater zu sein.«

Mami erklärt mir das alles, wenn ich alt genug bin.

Wie sie sechs Tage vor dem Millennium
das Weihnachtsessen hat anbrennen lassen
und er schrie: »Du bist nutzlos«,
seinen Teller runterschmiss,
der Truthahn am Küchenboden kleben blieb,
und ich weinte,
weil ich vom verfrühten Feuerwerk zu Hause erschrak.

Das war das Ende für sie. Der Anfang
für Mami und mich.

BARBIES UND ZUGEHÖRIGKEIT

Heute ist mein sechster Geburtstag
und ich verstecke mich in meinem Zimmer.

Letztes Jahr hat Onkel B. mir diese Casio-Uhr
gekauft. *Sieh mal* – sie leuchtet auf
und ist wasserfest. Das bedeutet,
ich kann sie beim Baden tragen.

Letzte Nacht, als Mami
das Abendbrot gemacht hat, habe ich mich in
ihr Schlafzimmer geschlichen, in ihren
Kleiderschrank geschaut, habe die Kleidung beiseitegeschoben,
um dahinter zu sehen, dort, wo sie immer
meine Geschenke versteckt.

Ich hab das Paket in die Hand genommen, die Form
der langen, dünnen Schachtel in Silberpapier abgetastet.

Es war definitiv die richtige Form für
eine Barbie!

Ich habe vorsichtig das
Klebeband an einem Ende gelöst
und sah unter
das Geschenkpapier
an der Oberseite der Schachtel.
Ich erkannte ein grünes Logo:
Teenage Mutant Ninja Turtles.

Ich hatte Mami vor zwei Monaten gesagt,
wenn du mir dieses Jahr ein Geschenk machst,
kriege ich dann bitte

eine Barbie?

»Michael Brown«,
ruft Mami, »wo bist du?
Komm runter und öffne dein Geschenk.
Deine Freund*innen sind gleich da!«

Ich stehe oben an unserer Treppe und rufe runter:
»Ist es eine Barbie?«

Mami kommt zur untersten Stufe,
liebevoll lächelnd.
»Nein, Michael. Ich dachte nicht, dass du
das ernst gemeint hast. Aber ich habe dir etwas besorgt,
das du lieben wirst.«

Ich sehe zu, wie eine Träne
auf dem Holzboden landet,
zwischen meinen Schildkröten-Pantoffeln –

ein Geschenk von Tante B. letztes Weihnachten.

Mami kommt hoch und nimmt mich in eine
weiche, warme, nach Mami riechende Umarmung.
»Oh, Schatz, ich kann dir eine Barbie
zu Weihnachten schenken, wenn du dann immer noch eine
willst.«

Weihnachten ist noch Ewigkeiten hin.

Ich bin kurz davor, wieder zu weinen, als es an der Tür klingelt.

Emily, Amber, Laura, Toby und Jamal
sind mit ihren Müttern zum Geburtstagskuchen
vorbeigekommen.

Callum ist der Letzte, der ankommt.
Sein Dad bringt ihn, aber bleibt nicht,
wie die Mums es tun.

Callum und Emily können sich nicht leiden.
Callum lebt in einer Wohnung mit seinem Dad.
Sie spielen Videogames zusammen
und essen Fastfood zum Abendbrot
und manchmal darf Callum länger wach bleiben
und die ganze Nacht fernsehen,
wenn sein Dad unterwegs ist;
es muss so ein Spaß sein.

Callum ist mixed, genau
wie ich. Ein Schwarzer Dad und eine *weiße* Mami,
aber er lebt nicht mit seiner Mami
und ich lebe nicht mit meinem Dad.

Mami hat gestopfte Weinblätter gemacht,
gefüllte Paprika und griechischen Salat.
Es gibt Oliven, Karottenspalten, Pitabrot
und Hummus, den ich liebe, und Taramasalata,
was ich eklig finde, aber ich liebe das Wort.

Ich bringe meinen Freund*innen bei,
wie es ausgesprochen wird:
Ta-ra-ma-sa-la-ta. Tarama-salata.

»Was ist das?«, fragt Callum. »Und warum ist es pink?«

»Es sind Fischeier«, sage ich stolz. »Und Mami hat mir erklärt,
dass sie pink gefärbt werden. Ich finde, es sieht schön aus.«

»Aber es schmeckt eklig«, meint Callum
und spuckt es zurück auf seinen Teller. »Ich *hasse* Pink.«
Er schaut Emily finster an.

Später blase ich sechs Kerzen auf
meinem Teenage-Mutant-Ninja-Turtles-
Geburtstagskuchen aus
und wünsche
mir

eine Barbie.

Emilys Spielzimmer ist ein Kaugummi-pinkes
Durcheinander. Sie hat zweiundvierzig Barbies;
ich weiß das, weil ich nachgezählt habe. Sie hat außerdem
vier Ponys und sechs Jeeps für die Barbies.
Die Göttin der Schönheit, Barbie, sieht brandneu aus.

Als Emily sie mir zeigt,
bemerkt sie: »Sie soll die
griechische Göttin, Aphrodite, sein,
aber sie sieht aus wie deine Mami.«

Emily hat viele Spielzeuge, aber diese Puppe
fesselt mich mit ihrem wehenden weiß-blauen
Gewand und ihrem goldenen Haarband.

Ich hebe ein paar der anderen Barbies auf,
mit ihren fehlenden Armen, Beinen und Köpfen.
»Warum haben sie keine ganzen Körper?«

»Die Köpfe sind abgegangen, als ich ihre
Haare gebürstet habe«, sagt Emily,
aber ich habe noch nie
gesehen, wie Emily eine Barbie-Haarbürste benutzt hat.
Die eine für die Göttin ist noch immer in der Verpackung.
Ich nehme sie heraus
und bürste sanft ihre Haare.

»Ich werde Mami bitten, mir diese
hier zu Weihnachten zu schenken«,
sage ich stolz zu Emily.

Am Weihnachtsmorgen
renne ich die Treppe runter und
finde ein Geschenk unter dem Baum.

Kein Geschenkpapier, nur
eine pinkfarbene Schleife um die Schachtel.
Mami schenkt mir

eine Barbie!

Aber sie hat es falsch verstanden.
Es ist nicht die Göttin.
Trotzdem umarme ich sie.
»Danke, Mami.«

Diese Barbie hat keine langen dunklen Locken
oder dunkle Augen wie Mami,
wie die Göttin.

Ich entscheide, meine Puppe Phoebe zu nennen.

Phoebe sieht aus wie Emily.

Ich schneide Phoebes lange blonde Haare nicht,
ziehe nicht an ihrem Kopf oder an anderen Körperteilen,
wie Emily es machen würde.

Phoebe ist nicht die Barbie, die ich wollte,
aber die Barbie, die ich bekommen habe,
und ich entscheide, dass ich mich gut
um sie kümmern werde.

Onkel B. kommt mit einem schwarzen BMW,
um mich abzuholen und mich zu Grandma Brown
fürs Weihnachtsessen mit Dad
und dem Rest der Brown-Familie zu bringen.

Als ich gehen will, hält mich Mami an den Schultern fest
und dreht mich zu sich um. Sie lächelt
und hält mir ihre Hand hin. »Michael,
könntest du bitte Phoebe hierlassen?
Ich brauche ihre Hilfe beim Aufräumen.«

Es ist nur eine Fahrt von zehn Minuten in Onkel B's BMW,
aber es fühlt sich fremd an.
Ich wünschte, Mami würde mitkommen.

Ich bin froh, als wir ankommen, weil die Familie
jubelt und ich denke, es ist für mich.
Tante B. ruft: »Endlich können wir essen!«

»Zuerst müssen wir beten«, bestimmt Grandma B.
Alle neigen ihre Köpfe.
»Lieber Vater, Gott, wir danken dir, dass Mikey
bei uns sein kann an diesem besonderen Tag. Wir beten,
dass er dir und dieser Familie niemals ein Fremder wird.
In Jesu Namen, Amen.«

Alle am Tisch wiederholen: »Amen.«

Mein Dad kommt runter aus seinem Schlafzimmer.

Neben mir ist ein leerer Platz für ihn
reserviert. Er nimmt sich schweigend sein Essen
auf den Teller und
geht damit wieder hoch.

»Hey, Mikey – das ist großartig!«, sagt Onkel B.
und sieht sich dabei am Tisch um.
»Dann haben wir zwei Knallbonbons, die wir zusammen
ziehen können.«

Zweiter Weihnachtsfeiertag.
Emily und ich spielen
in meinem Zimmer.

Sie hat die Göttin-Barbie
mit jetzt abrasierten Haaren mitgebracht.

Emily sieht Phoebe und fragt:
»Konnte sich deine Mutter die,
die du wolltest, nicht leisten?«

Ich merke, wie mein Kopf heiß wird.
Ich greife unters Bett für mein
schwarzes Action-Man-Spielzeug von Onkel B.
Es ist noch in der Schachtel; er sagt, es sei retro.

Vorne drauf steht Action Mans Name,
»TOM STONE«, und auf dem Bild hält
er eine große Waffe und trägt einen
grünen Hut und einen Tarnanzug.

Stolz sage ich: »Guck mal,
was mein Onkel mir geschenkt hat.
Sollen wir ihn rausholen?«
Emily macht ihre Augen zu, damit er verschwindet,
und meint: »Er sieht gruselig aus.«

Ein paar Tage später sind wir in Emilys Spielzimmer.
Emily holt eine brandneue Barbie aus ihrem
Feen-Rucksack.
Eine Versace-Barbie.

»Versace ist ein Modedesigner«, sagt Emily.
»Mami hat zwei Kleider von Versace. Papi
hat sie gekauft.« Sie macht eine Pause. »Michael,
hast du auch einen Papi?«

»Nein, meine Mami kauft ihre Kleider *selbst.*«

Zu meinem siebten Geburtstag sage ich Mami,
anstatt einer neuen Barbie möchte ich
meinen Namen ändern.
Ich sage, dass ich wie sie heißen möchte.
Ich möchte meinen Nachnamen von Brown zu Angeli ändern.

Mum hat mir mal erklärt: »Angeli heißt ›Engel‹
oder ›Bote‹.«

Sie kniet sich hin und legt ihre Hände
auf meine Schultern. Fragt: »Bist du sicher?
Du bist zu jung, um diese Entscheidung
zu treffen. Was ist mit Grandma Brown
und Tante Brown und Onkel Brown?
Sie sind doch alle so nett zu dir.«

Ich antworte: »Sind sie, aber du bist am nettesten.«

Sie lächelt und umarmt mich fest.

Ich umarme sie zurück. Ich zähle im Kopf
zehn Sekunden ab und lasse dann meine Arme
an der Seite fallen, aber Mami lässt
für weitere neun Sekunden nicht los. Neunzehn Sekunden
ist die längste Umarmung, die ich je hatte.

An meinem siebten Geburtstag, nach den Geschenken,
überreicht mir meine Mutter ein Stück Papier:
»Urkunde zur Änderung des Namens,
Michael Angeli«.

Aber ich denke: »Ende des Namens«,
und es ergibt Sinn.

Ich will *seinen* Namen nicht
hinter mir herziehen wie einen toten Hund
an einer Leine,

wie Toilettenpapier an der Sole
meiner neuen Stiefel,

wie gehäutete Schlangenhaut,

wie die dicken Nebelschwaden
der Red Arrow Flugzeuge der
Royal Air Force;
Benzin gemischt mit Farbstoff,

der Zeichen am Himmel hinterlässt.
Ich brauche kein Flugzeug, denn
mit meinem neuen Namen
kann ich wirklich fliegen.

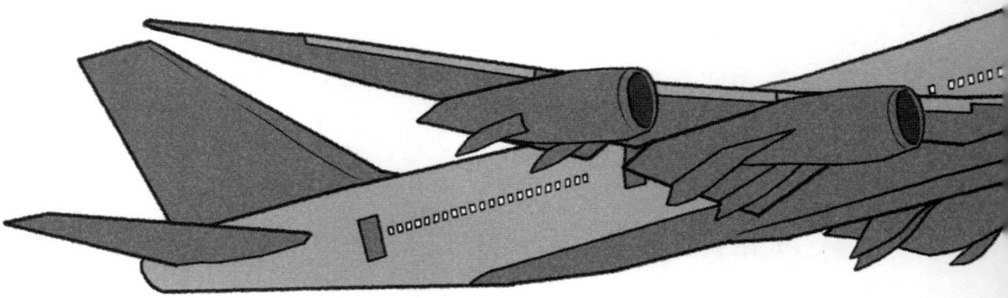

In dieser Nacht
habe ich einen Traum,
in dem Mami stirbt,
nachdem eine British Airways Boeing 747
in unser Haus gecrasht ist.
Der linke Flügel schneidet durch ihr
Schlafzimmerfenster, aber ich überlebe.

Würde ich bei meinem Onkel,
meiner Tante oder meiner Grandma wohnen?
Oder würde ich ein Waisenkind werden?

Mum ist unterwegs und ihr neuer Freund
Trevor lässt mich einen Horrorfilm schauen,
der *Nightmare on Elm Street* heißt.

Ich bin fasziniert von dem Mann
im rot-grün gestreiften Pullover,
der Leute in ihren Träumen besucht
und sie umbringt. In der Schule beschreibe ich,
was er macht und was für Handschuhe er trägt.
Mit Messern als Finger. Ich schwinge meine Hand
durch die Luft
und die Kinder rennen schreiend weg.
Außer Callum, der nur lacht und dann sagt:
»Okay, dann reiß meine Eingeweide raus!«,
während er seinen marineblauen Blazer auf hält.

Am nächsten Tag ruft die Schuldirektorin
nach Beschwerden anderer Eltern Mum an.

»Die Kinder haben Albträume«,
teilt sie mir mit, als sie mich früher ins Bett schickt,
aber ich sitze oben auf den Treppenstufen.

»Was hast du dir dabei gedacht?«, schreit Mum
Trevor an. »Er ist erst sieben Jahre alt.«

Trevor spricht leise und ich kann
seine Antwort nicht verstehen.

»Du glaubst wirklich nicht,
dass du etwas falsch gemacht hast, oder?«
Mum lacht. »Er ist nicht dein Sohn.
Es ist nicht deine Aufgabe zu entscheiden,
wofür er alt genug ist.«

»Warum hast du ihn dann bei mir gelassen?«,
schreit Trevor.

»Weil du eine Bindung
zu ihm aufbauen wolltest.
Ich dachte nicht, dass du gemeint hast,
ihm scheiß Freddy Krueger zu zeigen.«

Ich hasse es, sie schreien zu hören.
Mein Bauch fühlt sich komisch an.
Aber hauptsächlich fühle ich mich schlecht,
Trevor in Schwierigkeiten gebracht zu haben.

Ich bin acht,
als meine Schwester Anna
in ihr Moses-Nest
mit weißem Stoff gelegt wird,
frisch geschlüpft.
Ein Küken,
das ich Mum helfe aufzuziehen.
Die ganzen Sommerferien lang.

Sie weint
nach ihrem Daumen zum Nuckeln,
wenn ich ihre Hände
unter ihren winzigen
Oberkörper klemme.

Anna ist eine lebende Puppe.
Eine Barbie mit brauner Haut.
Mum lässt mich jeden Morgen
ihr Outfit auswählen.

Als die Schule wieder beginnt,
zähle ich die Stunden,
bis ich nach Hause rennen kann,
um Anna zu sehen.

Am liebsten singe ich Anna
etwas vor.
»Die klitzekleine Spinne«,
»Backe, backe Kuchen«,
»Funkel, funkel,
kleiner Stern«
oder andere Kinderlieder.

Mum fragt mich, ob ich
Gesangsunterricht
nehmen möchte.

Trevor bringt mich
in seinem coolen
silberfarbenen Audi
jeden Samstagmorgen dorthin.

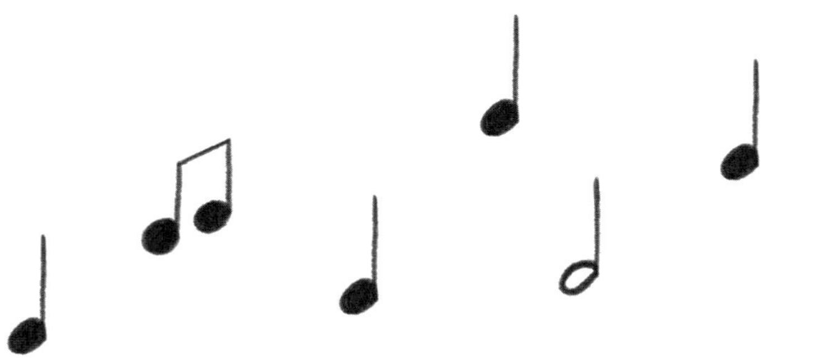

Anna hat einen anderen Dad als ich,
aber wir haben den gleichen Nachnamen.

Mum hat es so entschieden
und Trevor hat nicht dagegen gestimmt.

In der Schulkantine
erkläre ich Callum: »Trevor ist Annas Dad,
aber nicht meiner.«

Callum fragt: »Wenn ihr andere Dads habt, ist
sie dann nicht nur deine *Halbschwester?*«

Als ich nach Hause komme,
frage ich: »Mami, sind wir nur halb?«

»Lass dir von niemandem einreden,
dass du halb irgendwas bist.
Du und Anna seid
einfach Bruder und Schwester.

Lass dir von niemandem einreden,
dass sie deine Halbschwester ist.

Lass dir von niemandem einreden,
dass du halb Schwarz und
halb *weiß* bist. Halb zypriotisch
und halb jamaikanisch.

Du bist ein ganzer Mensch
Man ist niemals einfach nur
halb und halb.

Du bist in Großbritannien geboren.
Du musst Raum schaffen
dafür, was es heißt, britisch zu sein.

Was es für dich heißt,
britisch zu sein, sowie zypriotisch
und jamaikanisch. Aber
es ist allein deine Entscheidung.«

SANDBURGEN

In der Schule spielen wir Kuss-Fangen.

Als wir auf dem kleinen Schulhof waren,
hattenwir Spielsachen. Hier auf dem großen Hof
haben wir nur uns selbst.

Normalerweise jage ich Amber und Laura,
die langsamer werden, wenn ich sie jage,
und schneller, wenn Callum ihnen nachrennt.
Aber er holt sie immer ein, nach einiger Zeit.

Emily schüttelt ihren Kopf und sagt:
»Auszeit«, wenn Callum auf sie zu rennt.
Emily und ich haben abgemacht, uns nicht zu küssen.
»Weil beste Freund*innen sich nicht küssen«, sagt Emily.
Mir macht es nichts aus, Emily nicht zu küssen.

Das sage ich ihr aber nicht.
Hinter einem großen Baum,
wenn es niemand sehen kann,
küsse ich Callum, Jamal und Toby.

Einmal in der Woche darf ich
nach der Schule Freund*innen zum Essen einladen.
Diese Woche habe ich Callum eingeladen.
Während Mum kocht, spielen wir Ehemann
und Ehefrau in meinem Zimmer.

Ich spiele die Frau. In einer imaginären Küche
koche ich, und Callum tut so, als käme er
von der Arbeit, umarmt mich von hinten
und küsst mich auf die Wange.

Ich sage: »Das Essen ist fertig!«
Ich serviere ihm sein imaginäres Essen und sage,
was es ist, damit er weiß, wie er es genießen kann.
»Das sind Spaghetti«, sage ich.
»Du musst den Löffel und die Gabel benutzen.«

Callum fragt: »Warum können wir nicht Pizza essen
wie die Turtles?«, und zeigt auf das Poster
an meiner Wand.

»Weil wir jetzt nicht Turtles spielen«, sage ich.
»Wie war dein Tag auf der Arbeit, Schatz?«

Ich schreibe das Skript und
führe Regie für dieses Rollenspiel,
ich spiele es auch mit Toby und Jamal.
Nur nicht mit Emily, Amber oder Laura.

Alle Mädchen in meiner Klasse mögen mich.
Ich bin der einzige Junge, den sie zu ihren Übernachtungspartys einladen.
»Michael, hast du am Freitag Zeit?«
»Michael, magst du Disney und Eiscreme?«

Ich teile die Decken auf dem Boden mit vier,
fünf, sechs Mädchen oder mehr.

Emily ist immer eingeladen, weil
sie die Beliebteste in unserer Klasse ist.

Callum meint: »Du hast so ein Glück!«

Die Mädchen sind meine Freundinnen.
Ich habe wirklich Glück.

»Wann kommt Trevor zurück?«
Irgendwann höre ich auf, Mum zu fragen.

Sie bringt mich jetzt zu
meinen Gesangsstunden.

Trevor kommt zurück
in seinem blöden silberfarbenen Auto
und fordert, Anna zu sehen.

Aber er fragt nie nach mir.

Die Nacht, in der ich realisiere,
dass Trevor nicht zurückkommt,
träume ich davon,
dass Mum stirbt,
als eine Boing 747
in unser Haus crasht.

Der linke Flügel schneidet durch ihr
Schlafzimmerfenster,
aber Anna und ich überleben.

Würde Trevor Anna zu sich nehmen
und mich ein Waisenkind sein lassen?

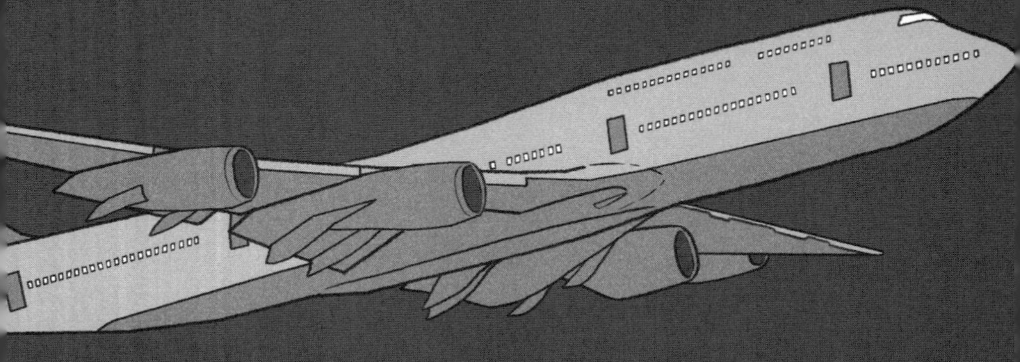

Anna bekommt Phoebe, meine alte Barbie-Puppe,
und meine Teenage Mutant Ninja Turtles.
Anna bekommt meine Latzhosen
und all meine anderen alten Kleider auch.
Ich bemerke, wenn Anna mit meinen
Ninja Turtles spielt, fragt keiner, warum.
Ich bemerke, wenn Anna meine
Latzhosen trägt, kommentiert es niemand.
Ich bin froh, dass sie frei ist,
zu spielen und zu tragen,
was sie möchte.

Mum fährt mit mir und Anna zum Strand in Brighton.
Anna bringt meinen gelben Eimer und Spaten mit.
Sie besteht darauf, sie die gesamte Bahnfahrt
über zu tragen.
Ich weiß schon, dass am Strand Felsen stehen
und er aus Kieselsteinen besteht,
nicht aus Sand, Mum hat es erklärt.

Als wir vom Bahnhof zum Strand gehen,
befürchte ich Enttäuschung bei Anna,
aber als wir dort ankommen,
nimmt sie meine Hand
und lässt Mums los.
»Bleibt da, wo ich euch sehen kann«,
ruft Mum uns hinterher, während Anna
mich bis zum Wasser führt.

Sie kniet sich hin und stapelt Kieselsteine in
den Eimer. »Sandburg«, sagt sie strahlend,
»Sandburg.«

Ich sitze auf der Bank unter dem Baum
und spiele Abnehmen mit Emily,
als Laura und Amber rüberkommen.

»Michael!«, »Bitte sing!«,
»Komm schon, Michael«, »Bitte, bitte, bitte,
sing einen Popsong!«
»Ich will kein Angeber sein«, protestiere ich.
Ich mag sowieso lieber Musicals.

»Natürlich willst du«, sagt Emily.
»Warum hast du sonst Gesangsunterricht?«

Es gibt einen Popsong, den ich aktuell
liebe: *Lady Marmelade.*
Ich singe die Zeilen von Christina Aguilera,
Mýa und Pink, und Lil' Kims Rap-Teil.

Eine große Gruppe Mädchen und ein paar Jungs
versammeln sich um uns herum.
Einige kichern, aber die meisten jubeln.

Ich höre es pfeifen und denke,
es kommt entweder von Jamal oder Toby.

Ich will das Lied an Callum weitergeben,
der im hinteren Teil der Menge steht.
Als ich auf ihn zeige, drehen sich alle um.
Er schüttelt den Kopf. Geht weg.

Die Glocke läutet und alle machen sich
auf den Weg zurück in das Schulgebäude.
Emily schnappt mich an meinem
marineblauen Blazer.

Ich drehe mich zu ihr, um sie anzusehen:
»Was ist los?«

Sie schaut auf ihre Schuhe hinunter
und dann wieder hoch.
»Weißt du, was die französischen
Wörter bedeuten?«, fragt sie.

Ich schüttle den Kopf. Sie flüstert mir
eine neue Wahrheit in mein Ohr.
Ich wusste nicht, dass es um mehr
als ums Küssen geht.

Es ist Schuluniform-freier Tag.
Mum hat eine brandneue Levi's-Denim-Jeansjacke
besorgt. Sie ist steif und unbequem.

Ich ziehe sie am Anfang des Tages aus und hänge
sie an meinen Haken an der Garderobe.
Als ich vorm Nachhausegehen wiederkomme,
ist sie weg.

Am Schultor sage ich: »Mami,
ich glaube, jemand hat aus Versehen
meine Jacke genommen.«

Sie schreit: »Was meinst du damit,
jemand hat sie genommen? Du dummer Junge.
Du musst dich um deine Sachen kümmern!
Weißt du nicht, wie teuer die war?«

»Ich mochte sie eh nicht«, sage ich.
Es ist mir peinlich,
da Leute zuschauen könnten.

Sie haut mir ins Gesicht.

Meine Augen füllen sich mit Tränen,
aber ich blinzle nicht.
Ich sehe sie direkt an.
»Das darfst du nicht.«

»Onkel B., Mum hat mich geschlagen.
Ich glaube, sie macht sich
Sorgen um Geld.«

Onkel B. war immer für mich da.
Er ist die einzige Person der
Brown-Familie,die ich regelmäßig sehe.

Er sagt mir, dass Mum ihr Bestes tut.
Er sagt mir, wie hart er gearbeitet hat,
um sich ein besseres Leben aufzubauen,
die Familie aus der Armut zu kriegen.

Er kauft mir Geschenke,
aber das ist nicht der Grund,
weshalb ich ihn liebhabe.
Er mag Flugzeuge und Astronomie.
Er hat den Kopf in den Wolken,
greift nach den Sternen.

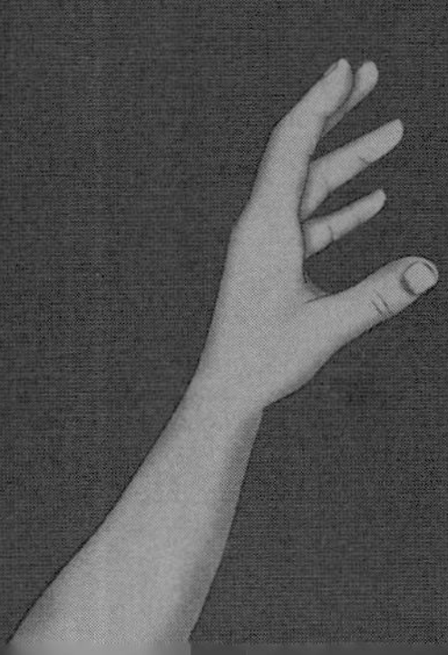

MUSIK UND STERNE

Ich singe »Funkel, funkel,
kleiner Stern« mit Anna,
um Mum zu helfen, sie ins Bett zu bringen.

Mum bemerkt: »Du hast so eine schöne Stimme,
Michael. Dein Gesangslehrer hat mir von
einer speziellen Schule erzählt, mit einem
exzellenten Chor, auf die du gehen könntest.
Es ist eine Schule nur für Jungs in Camden.«

Ich mag Jungs. Ich mag Camden.
Ich mag es, wenn wir zum Camden Market gehen.
Er ist voll mit auffallenden, bunten Kleidern.
Wir laufen danach immer am Kanal entlang,
wenn es ein sonniger Tag ist.
Aber wir gehen nicht oft dorthin,
weil es weit weg ist.

Emily geht auf eine Privatschule.
Mum meint, das können wir
uns nicht leisten.

Callum sagt, er weiß noch nicht,
auf welche Schule er gehen wird.
Aber Callum singt nicht,
also kann er nicht mit mir kommen.

Ich muss vorsingen, um angenommen
zu werden, da wir nicht in der Nähe wohnen.
Wir müssen die U-Bahn nehmen
und die Straßenbahn,
um dort hinzukommen.

Der glatzköpfige Mann,
der Klavier spielt,
ist Mr. Evans und die blonde
Frau, die mir zuschaut,
ist Mrs. Evans.

Ich singe *Where Is Love?*
aus dem Musical Oliver.
Obwohl Oliver diesen Song
über seine Mutter singt,
singe ich stattdessen
über meinen Dad.
Ich ändere das »Sie« zu »Er«.

Mr. und Mrs. Evans sind
beide zu Tränen gerührt,
während ich singe.
Ich werde angenommen.

Zum Feiern
fahren Onkel B. und ich
zur Farnborough-Luftshow,
um die Red-Arrow-Flieger zu sehen.

Ich liebe die Geschwindigkeit
und Anmut. Rote, weiße und
blaue Kondensstreifen, die
hinter ihnen in der Luft bleiben.
Graffiti, das sich der
Schwerkraft widersetzt.

Darauf habe ich den ganzen
Tag gewartet, das ganze Jahr.
Andere Flugzeuge sind
größer, aber keins ist
vergleichbar mit diesen
rasenden Schönheiten.

Schnell wie die Freiheit.
Jetzt siehst du sie,
jetzt sind sie wieder weg.
Aber noch nicht komplett,
der Himmel ist blau
und auch rot und weiß.

Ich bin so aufgeregt, auf die Highschool
zu kommen. Ich verbringe stundenlang damit,
singen zu üben in meinem Zimmer.

Verstehe aber schnell, dass Musik nur
ein kleiner Teil meiner neuen Schule ist –
Sport ist der größere Fokus.
Ich verbringe die Mittagspause in der
Bibliothek oder übe Gitarre oder Klarinette.
Aber ich spiele nie Fußball oder gehe
auch nur in die Nähe des Feldes voller
Jungs und Bälle.

Der Chor trifft sich am Dienstag und
Donnerstag nach der Schule. Mr. und Mrs. Evans
wirken anders als bei meinem Vorsingen.

Mrs. Evans ist jetzt strenger.
»Wir sind nicht zum Quatschen hier,
nur zum Singen«, sagt sie.
Mr. Evans benutzt keine Notenblätter –

er kennt alle Lieder. Aber
wenn er zwischendurch gerade nicht
Klavier spielt, starrt er
einfach nur still geradeaus.
Emotionslos.

Niemand in meiner Schule weiß, dass
heute mein Geburtstag ist. Bei den Toiletten
esse ich die ganze Packung Skittles-Kekse,
die Mum mir zum Teilen mit Freunden
gebacken hat, allein zum Mittag.
Sie weiß nicht, dass ich hier keine Freunde habe.
Ich weiß, wenn ich mich bedeckt halte,
kann ich mich in Frieden auf die Sterne
mit Onkel B. heute Abend freuen.

Nach der Schule laufe ich hinter
Alistairher durch die Schultore.

»Hey, Chor-Jungs!«, ruft jemand.
Es kommt von einem der
größeren Jungs hinter uns.
Deren graue Blazer passen ihnen besser,
als mir mein zu großer. Mum sagt,
dass ich in ihn hineinwachsen werde.

Alistair ist Sopran und singt Solos,
wenn wir bei Schulversammlungen auftreten.
Aber abseits vom Chor ist er still.
Er hat lange Haare, die die Hälfte
seines Gesichts verstecken.

Sie sagen nicht, warum wir kämpfen sollen,
nur, dass sie, wenn wir uns nicht schlagen,
die Scheiße aus uns beiden rausprügeln.

»Was soll's sein, Chor-Jungs?«,
fragt der größere der beiden mit
einem Zischen am Ende von »Jungs«.

Ungewöhnliche Gladiatoren,
eine Menge versammelt sich um uns,
drängt uns näher zusammen.
»Kämpfen! Kämpfen! Kämpfen!«
Ein vertrauter Refrain hier, aber
keiner, den ich je singen würde.

Ich denke darüber nach, wegzurennen.
Ich denke darüber nach, Prügel
einzustecken. Aber plötzlich spüre
ich diese Kraft in mir. Kampf oder
Flucht? Ich packe Alistair an den Haaren
mit meiner linken Hand und ziehe
ihn zwei-, dreimal im Kreis herum,
dann hebe ich seinen Kopf hoch,
um zu sehen, wo sich sein langes Haar für sein
hübsches Gesicht teilt, und schlage ihn fest
mit meiner rechten Hand zu Boden.

Die zwei größeren Jungs fangen an zu schreien:
»Tritt ihn! Tritt ihn!«
Seine Haare sind jetzt wieder
über sein Gesicht gefallen. Er rollt sich zu
einem Ball zusammen. Er sieht so klein aus,
wie ein Küken, das gerade aus einem Ei geschlüpft ist.

Ich fühle mich schlecht und beschämt.
Ich will zu meiner Mum.
»Nein!«, schreie ich, als ich mich umdrehe
und den Zweien, die über mir türmen,
direkt ins Gesicht sehe.
Ich drücke meinen Weg zwischen den
zwei Jungs frei und renne und renne
und halte nicht an, bis ich meine
Bahnstation erreiche.
Dort übergebe ich mich im Strahl
auf den Bahnsteig.

Als ich nach Hause komme, hat mir Onkel B.
ein eigenes Teleskop gekauft.

Nach dem Abendessen wasche ich das
Geschirr ab, während Mum Anna ins
Bett bringt und Onkel B. das Teleskop
zusammenbaut und in den Garten bringt.

Es ist fast so groß wie ich, wenn
das Stativ voll ausgefahren ist.
Die drei Beine sind silberfarben,
der Tubus des Teleskops ist weiß
und die Linsen sind schwarz.

Onkel B. stellt es auf die richtige Höhe ein,
damit ich in die Linse sehen kann. Zuerst
schaue ich den Mond an und seine Krater.
Dann suche ich nach Sternbildern.
»Der große Bär, Orion, Pegasus«,
sage ich stolz zu Onkel B.

Er erklärt: »Pegasus, das Pferd mit Flügeln
in der griechischen Mythologie, wurde nach
der Köpfung Medusas geboren,
als ein Tropfen ihres Bluts
zur Erde fiel.«

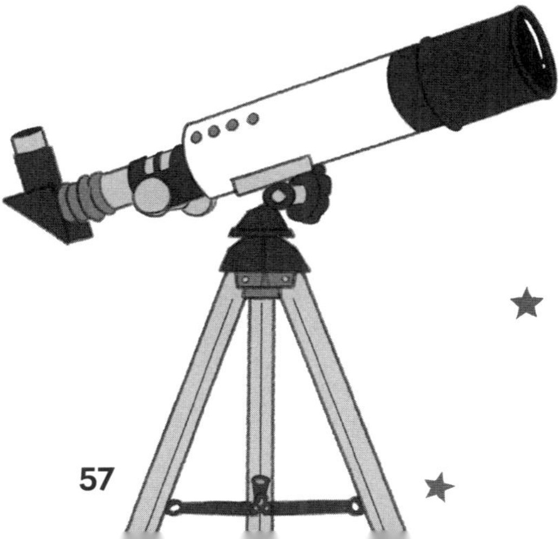

Ich frage mich im Stillen, warum es kein Sternbild nur für Medusa gibt, nur ihr abgetrennter Kopf mit Schlangen als Haare baumelt in Perseus linkem Griff, mit seinem Schwert in der rechten Hand, hoch erhoben.

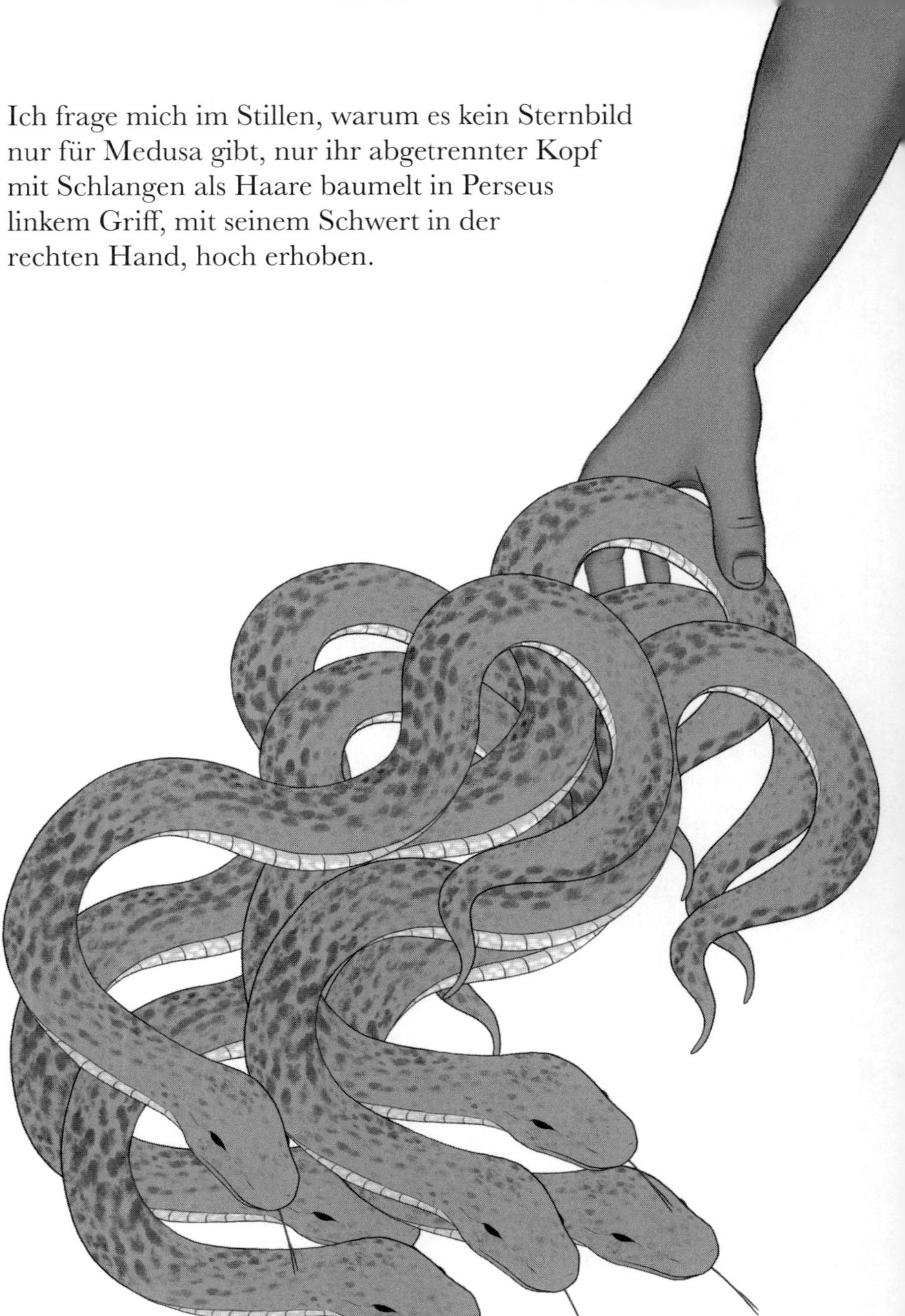

Als Onkel B. geht und die Sterne verstaut sind,
denke ich an Alistair. Sein schönes Gesicht und
die langen Haare.

»Mami«, sage ich und gehe in die Küche,
wo sie gerade das Geschirr abtrocknet.

»Ein paar ältere Jungs haben mich zum Prügeln
mit einem anderen Jungen aus dem Chor gezwungen.
Er hat mir nichts getan, aber sie haben mir gesagt,
dass ich es machen muss. Ich habe ihn nur einmal geschlagen
und bin dann weggerannt.
Ich mag nicht, dass Jungs angefeuert werden, wenn
sie gewalttätig sind. Es gibt so viele Schlägereien
an meiner Schule. In der Grundschule war es nur
gespielt, aber jetzt spielen sie nicht mehr.«

Sie legt das Geschirrhandtuch über ihre Schulter,
eine Hand an ihre Hüfte und die andere auf den Rand
der Spüle. »Ein paar Ältere haben dir gesagt, dass du jemanden
schlagen sollst? Und du hast es einfach gemacht?«
Sie sieht schockiert aus.
Ich schäme mich wieder.

»Sie haben uns umzingelt und ›Kämpfen! Kämpfen!‹ geschrien.
Ich will nicht zurück in den Chor«, weine ich.
»Ich will nicht in dieser blöden Schule bleiben.«

»Du hast Glück, dass du heute Geburtstag hast«,
meint Mum. »Geh einfach ins Bett.
Geh mir aus den Augen.«

Ich will mein Teleskop zusammenbauen, um es mit in mein Zimmer zu nehmen und dort zu den Sternen zu fliehen.

»Lass das Teleskop stehen.«

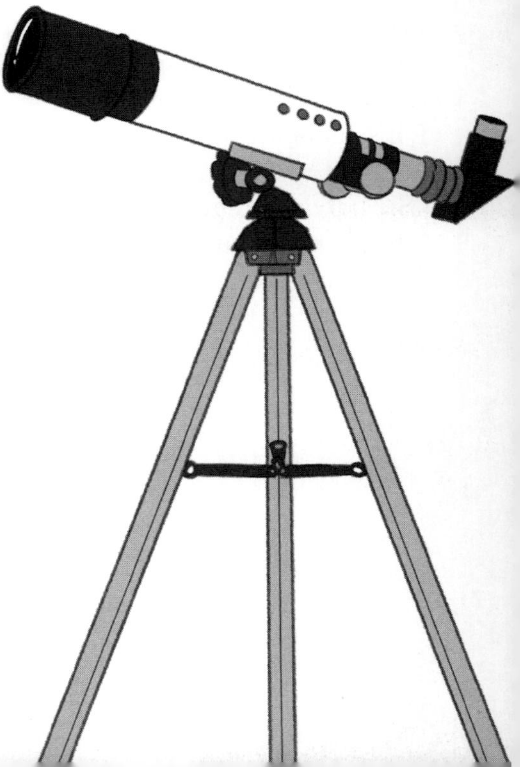

Ich bin hier gefangen
mit meinen Schuldgefühlen.

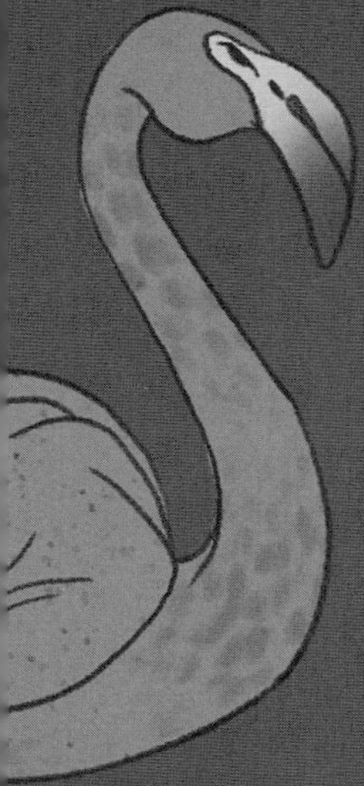

Kämpfende Flamingos können aussehen, als ob sie knutschen. Wie sie ihre Schnäbel gegeneinander picken. Mach ein Standbild und du siehst vielleicht ein Liebes-Herz in der Form ihrer Hälse, die sich nach außen wölben und in der Mitte wieder zusammenfinden.

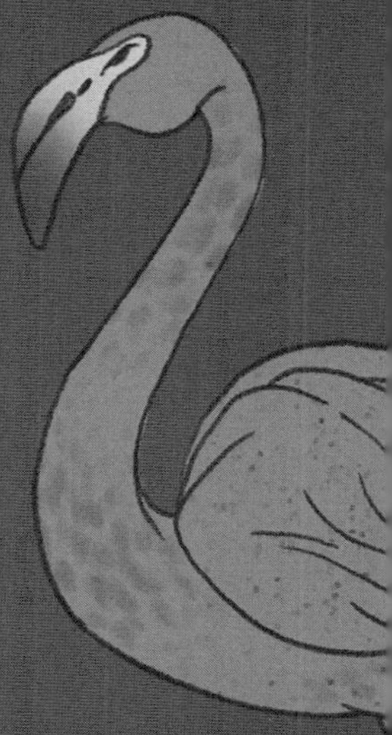

Am nächsten Tag nach der Schule wartet
Onkel B.s BMW vor dem Schultor.

Als ich einsteige, meint er: »Deine Mutter
sagt, du hättest dich in der Schule geprügelt
und dass du umziehen willst.«

»Ja, das stimmt.« Ich lasse mich auf meinen
Platz sinken. »Die Leute gucken schon.
Können wir bitte von hier abhauen?«

Onkel B. lässt den Motor an.
»Wirst du hier gemobbt?«
Er nimmt eine Hand vom Lenkrad
und legt sie auf meine Schulter.

»Nein.« Ich stoße seine Hand weg. Will
eigentlich, dass sie dort bleibt. »Aber ich
will nicht hierbleiben. Hier gibt es nur
Schlägereien und Fußball. Ich will auf
eine Schule mit Mädchen gehen.«

Im Rückspiegel von Onkel B.
sehe ich die Schule kleiner werden.

Im zweiten Highschool-Jahr wechsle ich
auf eine Church-of-England-Gesamtschule,
die näher an Zuhause ist. Ein Wechsel von
der reinen Jungenschule von letztem Jahr.
Gott gewährt mir wieder Mädchen.

An meinem ersten Tag erklärt mir Mr. Casey, dass
ich neben Daisy Andrews sitzen soll. Ihr Name steht
vor meinem auf der Klassenliste. Als ich ihren
Namen höre, weiß ich, dass meiner folgen wird.
Daisy sagt nicht »Ja, Mr. Casey« oder »Ja, bitte«,
wenn sie aufgerufen wird. Sie sagt nur: »Jap.«
Keine der Lehrpersonen weist sie darauf hin,
niemand scheint es zu bemerken. *Ich bemerke dich, Daisy.*

Daisy Andrews erinnert mich an die Barbie,
Göttin der Schönheit, die ich nie hatte. Sie ist
schlank, hat dunkle Augen und langes, dunkles,
lockiges Haar. Sie sieht aus wie Selena Gomez.
Aber sie ist nicht beliebt, aus irgendeinem Grund,
den ich nicht begreife.

Im Englischunterricht nehme ich meinen Mut zusammen und frage: »Mit wem bist du befreundet?« »Niemandem«, sagt sie. »Das sind alles nicht meine Leute.«

Mit Daisy zu sprechen, ist wie Laufen auf Eierschalen.
Ich frage mich, was sie zerbrochen hat. Sie wirkt nicht gemein.
Sie wirkt verletzt.

Im Matheunterricht bemerke ich den rothaarigen Rowan am Tisch vor uns. Rowan sieht aus wie ein gutaussehender Ed Sheeran. Er trägt die richtige Schuluniform, aber sie sieht etwas mitgenommen aus.

Ich flüstere Daisy zu: »Stehst du auf jemanden in der Schule?«

Sie antwortet: »Nein«, und hält inne. »Und du?«

Ich lächle und schüttle meinen Kopf. Ich bin nicht bereit, es ihr zu sagen. Rowan dreht sich um und lächelt mich an. *Hat er mich gehört?*

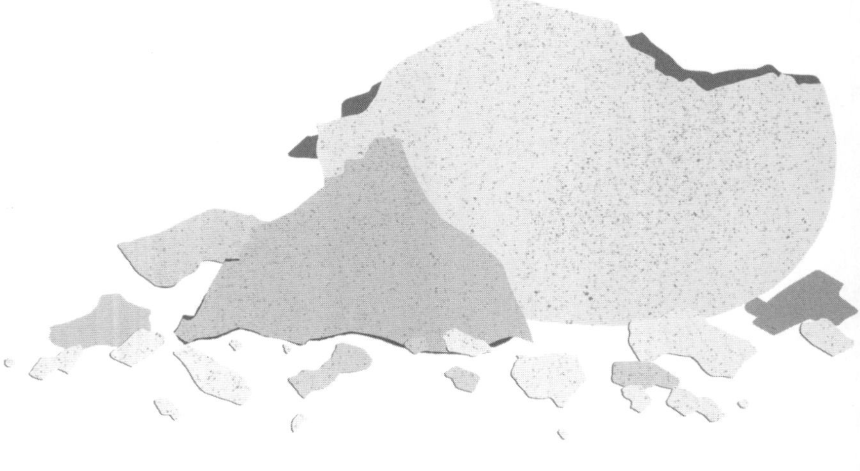

Als ich nach der Schule in den Bus steige,
sehe ich Daisy ganz hinten.
Ihre Doc-Martens-Stiefel auf dem Sitz
vor ihr. Auch wenn wir gleich alt sind,
sieht Daisy älter aus als zwölf.

»Hey, Daisy«, sage ich leise. »Meinst du,
ich kann mich neben dich setzen?«
Sie nimmt die Tasche auf ihren Schoß.

»Jap«, antwortet sie, »aber ich lese,
also sprich mich einfach nicht an.«
Sie widmet sich wieder *Supergute Tage oder*
Die sonderbare Welt des Christopher Boone.
Ich sitze schweigend neben Daisy.

Lachen und Geplapper schallt durch den
Rest des Busses, aber ich fühle eine seltsame
Art der Sicherheit in der Stille mit Daisy.

Daisy liest weiter in ihrem Buch
und ich lese sie. *Kann ich ihr vertrauen?*

»Tschüss, Daisy. Wir sehen uns morgen.«
»Jap.«

Am nächsten Tag, als die Glocke zum Ende des
Geschichtsunterrichts klingelt, frage ich Daisy:
»Wollen wir zusammen essen?« Ich habe das Gefühl,
sie braucht die Gesellschaft genauso wie ich.

»Hast du Pausenbrote dabei?«, fragt sie. »Nein.«
Ich halte inne. »Ich bekomme kostenloses Schulessen.«
»Na ja«, sagt sie, »du kannst dich nach dem Essen
zu mir setzen. Ich bin in **B24**. Bring ein Buch mit.«

Ich habe kein Buch, aber ich glaube, eine neue Freundschaft.
Ich schlinge mein Essen in der Kantine extra schnell herunter.
Ich muss in die Bibliothek und
ein Buch holen, bevor ich Daisy in **B24** treffen kann.

Aber dann kommen ein paar Mädchen zu mir. Zwei
setzen sich vor mich und eine neben mich. Die neben
mir hat helle Haut. Sie trägt eine Brille und ihre
blonden Haare in einem Pferdeschwanz.

»Hey, ich bin Grace«, äußert die Blonde und zeigt
dann auf die anderen. »Das sind Faith und Destiny.«
Faith und Destiny lächeln und Faith sagt: »Hey.
Du bist der Neue, Michael, richtig?« Die beiden
haben ihre Haare auch zurückgebunden.

Destiny ist Schwarz und hat geglättete Haare.
Faith sieht aus, als hätte sie, wie ich, einen *weißen*
und einen Schwarzen Elternteil, ihre Haare sind
glatt nach hinten zum Haargummi gekämmt und bauschen
sich dort wie ein Heiligenschein auf.

Ich weiß nicht, ob es daran liegt, dass ich so schnell gegessen
habe, oder daran, dass ich enttäuscht bin.
Ich entscheide, das Gefühl herunterzuschlucken.
»Ja, das bin ich«, sage ich und esse meinen
Biskuitkuchen auf. »Schön, euch kennenzulernen.«

Grace fragt: »Und? Warum bist du neu hier?
Warum bist du von deiner alten Schule weg?«

Ich warte und erinnere mich. »Ich hatte eine Prügelei.«
Destiny: »OMG! Wurdest du rausgeworfen?«
Faith: »Bist du ein Draufgänger, Michael?«
Grace: »Sei nicht schüchtern, erzähl's uns, Michael.«

Ich lüge: »Ich habe nur diesen Jungen verteidigt, Alistair,
der von Älteren geärgert wurde, weil er im Chor war.
Ich weiß gar nicht, was über mich gekommen ist.
Ich bin einfach so wütend geworden. Ich habe einem
die Nase gebrochen und dem anderen ein blaues Auge
verpasst. Und obwohl ich der Gute war, wurde ich
rausgeschmissen.« »Das ist so unfair«, sagt Faith.
»Soooo unfair«, wiederholt Destiny.

In Naturwissenschaften fühlt sich Daisys Schweigen anders an.
»Ich hab in **B24** auf dich gewartet«,
murmelt sie.

Ich merke, wie mir heiß wird. »Es tut mir so leid.
Ich hab es total vergessen.«

Daisy sieht weg. »Mach dir nichts draus.«

Ich habe das Gefühl, etwas sagen zu müssen,
damit sie mit mir redet.

»Ich hab es nicht vergessen. Ich meine,
ich wurde abgelenkt. Diese Mädchen
haben angefangen, mit mir zu sprechen,
in der Kantine. Grace, Faith und Destiny.
Kennst du sie?«

»Jap«, antwortet sie. »Sie sind gemein.«
»Oh, echt? Sie haben cool gewirkt.«
»Ergibt Sinn. Sie sind nur zu Jungs nett.«

Für den Rest der ersten Woche esse ich mit
Grace, Faith und Destiny in der ersten Hälfte
der Mittagspause in der Kantine. Sie sind in
meinem Jahrgang, aber in anderen Klassen.
Sie lästern über die anderen Mädchen und
schwärmen für Jungs. Ich lache, wenn ich denke,
dass Grace ein Lachen erwartet, oder füge ein
drittes Echo in Zustimmung zu was auch immer
besprochen wird hinzu. Ich höre nicht wirklich
zu, über was sie sprechen.

Für die zweite Hälfte der Pause gehe ich in **B24**,
setze mich neben Daisy und lese schweigend.

Daisy beendet *Supergute Tage* und fängt
Das Schicksal ist ein mieser Verräter an.
Ich lese die ganze Woche über ein Buch –
Die gesammelten Gedichte von Maya Angelou –
und die nächste Woche auch.
Ich nehme mir meine Zeit.

Maya Angelou hat Biografien geschrieben;
Mum hat sie alle, aber wenn ich versuche,
die zu lesen, gerate ich durcheinander und
verliere den Faden. Wenn ich ihre Gedichte lese,
weiß ich immer, wo ich bin. Dieses Gedicht.
Diese Seite.

Ich bin von Maya Angelou inspiriert,
also versuche ich, hinten im Mathebuch
mein erstes Gedicht zu schreiben:

Maya Angelou

Maya Angelous Worte
sind so klar. Sie schreibt über Liebe
darüber, aufzustehen für sich selbst,
im Angesicht der Ungleichheit.

Auch, wenn

sie US-Amerikanerin ist,
sprechen ihre Worte zu mir.

Ihre Poesie ist alles, was ich
erhoffe, das meine eines Tages
für jemanden sein wird.

Auch, falls

dieser jemand ich bin.

Nach der Schule gehe ich mit Grace, Faith
und Destiny eine Prügelei ansehen.

Sie drücken uns weiter nach vorne
Und als wir dort sind, sehen wir, wie Kieran
aus unserem Jahrgang mit einem rechten Haken
einen Jungen aus einer anderen Schule
zusammenschlägt. Kieran ist bekannt für
Prügeleien und Fußball. Er macht mich
nervös. Erinnert mich an meine letzte Schule.

Sein Rivale fällt zu Boden. Alle aus unserer
Schule, die zusehen, beginnen zu jubeln:
»Kieran! Kieran! Kieran!«

Diese Prügelei hat nichts mit mir zu tun,
aber meine
Atmung
verändert
sich.

»Kieran ist so fit. Findest du nicht?«, fragt Grace.

Ich schnappe nach Luft.

»Oh mein Gott, Grace. Halt die Klappe!«, sagt Destiny.

»Ich hab nicht dich gefragt«, sagt Grace.
»Ich frage *Michael.* Denkst du
Kieran ist fit, *Michael?*«

Ich frage mich, *ist Kieran fit oder ist er furchterregend?*

Kieran ist groß und Schwarz, hat kurze Haare
mit einem rasierten Übergang an den Seiten.
Er sieht in unsere Richtung, lächelt und winkt.

»Ich schätze«, kriege ich außer Atem noch raus.

Faith kichert.

»OMG! Ihh!«, sagt Destiny.

»Bist du schwul?«, fragt Grace.

Dann ist mein Atem wieder weg.

»Du weißt, dass das eine Sünde ist?«, sagt Faith.

Ja weiß ich. Aber ich sage nichts.

Ich lasse das Mittagessen am nächsten Tag ausfallen
und gehe direkt zu **B24**, um bei Daisy zu sitzen.
Erleichterung überkommt mich.

»Ich weiß nicht, was ich sagen soll, Michael.
Ich hab dir ja schon gesagt, dass sie gemein sind.«

»Ich weiß, ich hätte auf dich hören sollen.
Tut mir leid«, sage ich.

»Schon gut. Wie auch immer, bist du schwul?«

»Ja«, sage ich. *Endlich reden wir darüber.*

»Cool«, sagt sie und widmet sich wieder ihrem Buch.

Ich dachte, sie würde mich fragen, woher ich
es weiß, und ich könnte ihr von meinen
Gefühlen für Rowan erzählen.

»Möchtest du heute Abend zum Essen kommen?«,
frage ich.
»Meine Mum macht Shepherd's Pie.«

»Okay«, sagt Daisy. Sie sieht nicht auf, aber
ich bemerke ein Lächeln auf ihren Lippen.
»Kann ich jetzt weiterlesen?«

An der Bushaltestelle nach der Schule
konfrontiert Grace Daisy und mich.

Faith und Destiny stehen hinter ihr mit
verschränkten Armen und bösen Gesichtern.

»Homo und Freak. Warum seid ihr *immer*
zusammen. Seid ihr ein lesbisches oder
ein schwules Paar?«

»Keins von beiden, nicht, dass es euch
etwas angehen würde«, antworte ich.

Daisy starrt Grace an, wie die Göttin Barbie
es tun würde, ohne zu blinzeln.

»Also seid ihr beide schwul?«, fragt Grace spöttisch.
»Wir verurteilen euch nicht.«

»Nur Gott kann euch richten«, äußert sich Destiny.

»Ja, nur Gott«, wiederholt Faith mit einem Zwinkern.

»Teilt ihr drei ein Gehirn?«, fragt Daisy,
während sie sich an den Dreien vorbeidrückt
und in den Bus steigt.

»Geh mit deinem *Boyfriend*«, sagt Grace zu mir.

Als ich in den Bus steige, hat Daisy ihre Tasche
bereits auf den Sitz neben sich gestellt.

Ich lache. »Ich habe ein Déjà-vu, Daisy! Nimm
mal die Tasche weg, damit ich mich setzen kann.«

»Lass mich einfach in Ruhe, Michael.«

Ich stehe über ihr und bewege mich nicht.
»Es ist nicht meine Schuld.«

»Du hast mich kaum verteidigt, oder?«

»Du kannst dich doch selbst verteidigen, Daisy.
Was wolltest du von mir hören?«

»Ich weiß es nicht. Etwas. Irgendetwas.
Nicht nur dastehen und sich beschimpfen lassen.«

»Ich sagte doch, dass es sie nichts angeht, oder?«
Ich sehe sie flehend an.

Der Bus ruckt vorwärts, ich halte mich an der Stange fest.

Daisy schiebt ihre Tasche weg, damit ich mich setzen kann.

Nach ein paar Haltestellen im Stillen frage ich: »Kommst du immer noch zu mir zum Essen?«

»Klar komme ich, Homo«, sagt Daisy.

»Halt die Klappe, Freak!« Ich lache, lege meinen Arm um sie und gebe ihr einen Kuss auf die Wange.

»Daisy, bist du Griechin?«, fragt Mum,
während sie Shepherd's Pie serviert.

Daisy lacht. »Normalerweise werde ich gefragt,
ob ich spanisch bin.«

Mum beginnt mit ihrer eigenen Version
der spanischen Inquisition: »Bist du spanisch?«

»Nein, mein Dad ist Engländer«, erzählt Daisy,
»und meine Mum ist halb englisch, halb Jamaikanerin.«

Ich erinnere mich an Mums Rede über Hälften.
Wir haben nie über Viertel geredet,
aber ist das nicht, was Daisy ist?

»Michael und Annas Dads sind jamaikanisch.
Ich bin Zyperngriechin«, sagt Mum stolz.
»Du siehst aus, als könntest du meine Tochter sein.«

»Mami«, meint Anna, die schon angefangen hat
zu essen, »das schmeckt komisch.«

»Es ist vegetarisches Hackfleisch«, erklärt Mum.
»Ich wollte sehen, ob ihr einen Unterschied schmeckt.«

Nach dem Essen in meinem Zimmer zeige
ich Daisy die Ausgabe vom *Cosmopolitan*-Magazin,
das ich aus Mums Zimmer geklaut habe.
Adam Levine ist auf dem Cover.
»Er ist so heiß, oder?«, sage ich zu Daisy.

Bob Marley und Beyoncé schauen uns
von meiner Zimmerwand aus zu.

Froh, mein Schweigen zu brechen, fahre ich fort:
»Am meisten stehe ich in der Schule auf Rowan.
Er ist nicht sexy wie Adam Levine, aber er ist
richtig süß, und ein bisschen eigenwillig.
Im Theaterkurs geht er richtig in den Rollen auf,
mit den verschiedenen Akzenten, und er ist nicht
zu schüchtern, Mädchenrollen zu spielen.
Und in Mathe meldet er sich immer
und hat immer die richtigen Antworten.
Wie kann er so talentiert und schlau sein?«

Daisy lacht, als sie das Magazin anschaut und
sagt: »Ich bin nicht sicher, was Rowan angeht,
aber ›Ja‹ zu Adam Levine!«

Daisy beginnt, mindestens zwei- oder
dreimal die Woche zum Essen zu kommen.

Sie lädt mich nie zu sich ein.
Sie nennt es »das Kriegsgebiet«.

Sie sagt: »Du hast Glück, nur einen Elternteil
zu haben. Zwei sind ein Albtraum!«

Sie hilft mir und Anna mit den Hausaufgaben.

Mum nennt Daisy ihre Tochter,
aber als Daisys Brüste größer werden,
ertappe ich mich dabei, sie anzustarren,
wenn wir in meinem Zimmer sitzen,
oder sogar in der Schule in **B24**.

Ich denke darüber nach, sie zu küssen.
Ich weiß, es wäre falsch,
sie einfach zu küssen.

Ich könnte sie einfach fragen.
Daisy, darf ich dich küssen?

Aber das mache ich nicht.

Hinten in mein Mathebuch schreibe ich:

Gespalten durch die Liebe

Mathe ist der schwerste Kurs zum Konzentrieren;
neben mir sitzt Daisy
und Rowan am Tisch vor mir.
Rowan ist so süß und Daisy ist es auch.
Ich fühle mich gespalten. Wünschte, ich könnte
einfach nur einen normalen Schultag haben.

Hinten in mein Mathebuch schreibe ich:

Wie schwul bin ich?

Wie schwul bin ich, frage ich mich.
Ich weiß, wenn ich wählen könnte,
würde ich mit Rowan zusammen sein.
Doch er ist für mich ein Mysterium.

Mit Daisy ist es so einfach.
Sie ist meine beste Freundin.
Sie ist Teil meiner Familie.
Sie ist wie ein Teil von mir.

Zu Beginn der nächsten Mathestunde,
als Mrs. Briggs uns die Bücher gibt,
legt sie drei auf unseren Tisch: Daisys, meins
und ein anderes, neues Buch direkt vor mich.

Ich öffne es und sehe einen
pinken Post-it-Zettel:
FÜR DEINE GEDICHTE

Es hat linierte statt karierter Seiten.
Ich schließe es schnell, und hoffe,
dass Daisy es nicht gesehen hat.

Es ist mir peinlich, dass Mrs. Briggs
gelesen hat, was ich über Daisy und
Rowan geschrieben habe.

Vorsichtig reiße ich die Gedichteseiten
aus meinem Mathebuch und lege sie

in mein neues Buch. *Mein GEDICHTE-Buch.*

Daisy ist heute krank mit Periodenschmerzen
und im Theaterkurs fragt Rowan,
ob er mein Partner sein kann.

Als Paare finden alle einen eigenen Bereich
im Theaterstudio.

Wir sollen ein Spiel namens »Ja, und« spielen.

Was auch immer dein*e Partner*in sagt,
wir stimmen zu und fügen noch etwas hinzu.

Ich sage zu Rowan: »Wir gehen an den Strand.«

Rowan sagt: »Ja, und es ist ein FKK-Strand, also
müssen wir uns ausziehen.« Er zieht seine Krawatte
aus und schwingt sie vorm Intimbereich herum.

Ich lache und nehme meine eigene Krawatte ab,
um sie zu schwingen.

Ich sage: »Ja, und lass uns jetzt ins Wasser gehen.«

Er sagt: »Ja, und lass uns zu dieser Insel schwimmen,
dort drüben.«

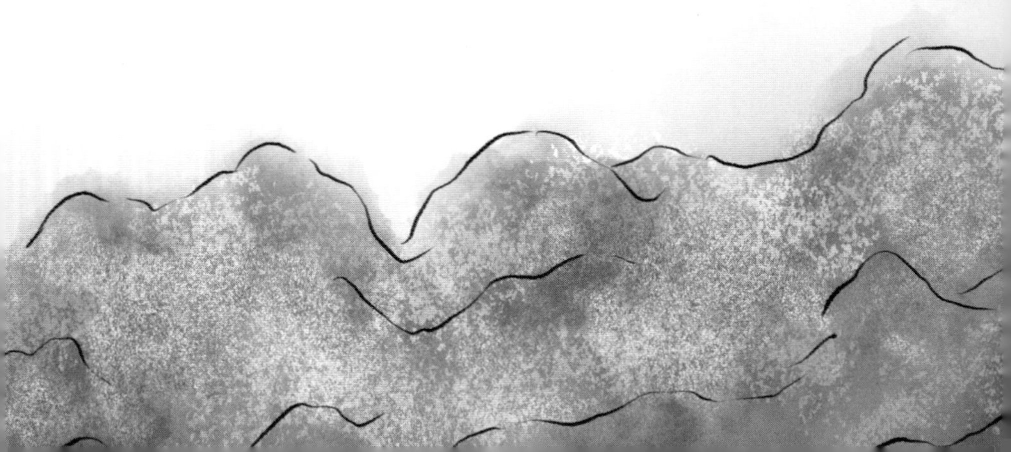

Rowan zeigt hinüber, und wir schwimmen an
den anderen vorbei, die in ihren Paaren Theater
spielen, bis wir das andere Ende des Studios
erreicht haben. Dort, wo die bodenlangen,
schwarzen Vorhänge zusammentreffen.

Ich sage: »Ja, und wir sind auf
der Insel angekommen.«

Er sagt: »Ja, und es ist jetzt Nacht.«
Er geht hinter den Vorhang.

Ich folge ihm.

Ich sage: »Ja, und es sind nur wir beide hier.«

Er sagt: »Ja, und …«

Er kommt näher und sagt nochmal: »Ja, und …«

Die Glocke läutet zum Unterrichtsende.

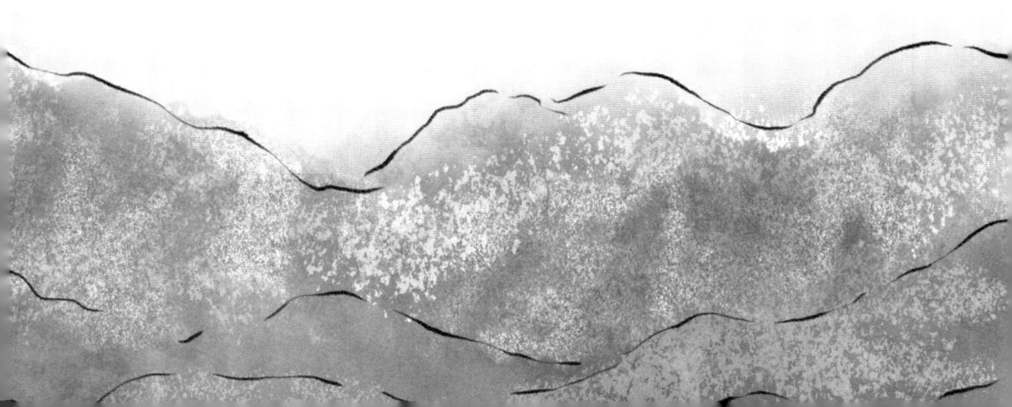

MICHAEL: Daisy!! Rate mal!!

DAISY: Was?

MICHAEL: Rowan hat mich fast geküsst!

DAISY: Fast?? Wie??

MICHAEL: Im Theaterkurs.
Aber die Glocke hat geläutet.

DAISY: Im Theaterkurs zählt es nicht.

MICHAEL: Warum nicht?

DAISY: Er ist nur ein Angeber.
Er liebt Aufmerksamkeit.

MICHAEL: Und ich liebe ihn! 😍

DAISY: 🤢

Ich bin im Bad und mache mich fertig
für die Schuldisco des neunten Jahrgangs,
als ich die ersten Haare über meiner Oberlippe
bemerke. Ich entscheide, Mums Rasierer vom
Badewannenrand zu benutzen. Ich weiß, sie
benutzt ihn für ihre Beine – da sind kleine,
dunkle Haare drauf – aber ein Rasierer
ist ein Rasierer. Ich versuche, mich zum
ersten Mal zu rasieren. Momente später
habe ich einen symmetrischen Schnurrbart
aus Blut, von den Stellen, an denen ich
es geschafft habe, mich gleichmäßig an
beiden Seiten zu schneiden.

Als Daisy in ihrem glitzernden roten Kleid
ankommt, trage ich nichts außer meinen schwarzen Unterhosen
und schmolle auf dem Bett.

Ich frage mich, wie das Kleid an mir aussehen würde,
denke ich für einen Moment, bevor ich mich daran erinnere,
dass ich gerade im Selbstmitleid versinke.
»Vielleicht können wir es mit einem Abdeckstift verstecken«,
überlegt Daisy und greift in ihre Tasche. Daisy hat angefangen,
sich zu schminken, aber nicht stark.
Sie sieht viel älter aus als vierzehn.
Ich sehe gerade aus wie zwölf.

»Niemals«, sage ich. »Ich trage kein Make-up.
Da verpasse ich lieber die blöde Disco.«
»Zu schade«, bemerkt Daisy. »Du hättest
vielleicht sogar einen Tanz bekommen,
vielleicht sogar einen Kuss mit Rowan.«

Daisy zieht die Bettdecke hoch und wir beide
rutschen darunter. Wir verbringen den Abend damit,
Teenie-Filme mit Happy End zu schauen.

Ich sage Mum, dass ich entschieden habe,
meine Haare in Locs zu tragen. Mum ist es egal.
Sie sagt: »Mach, was dich glücklich macht, Michael.
Solange du dich auf die Prüfungen für den mittleren
Schulabschluss konzentrierst.«

Der Friseur sagt:
»Da dein Haar so weich ist, muss ich
es in synthetisches Haar wickeln, dann
verfilzen die Haare darunter zu Locs.
Die Leute werden es nicht bemerken.
Du musst jeden Tag deine Ansätze
eindrehen. Wenn sie wachsen, fallen
die synthetischen Haare raus und
du hast deine Locs darunter.
Es wird aber trotzdem gleich wie
echte Locs aussehen und es werden
wirklich echte, mit der Zeit.«

Nach dem Friseur
besuche ich Grandma Brown,
um ihr meine Haare zu zeigen.
Hoffe, dass sie mich mehr
als jamaikanisch sieht.

Sie teilt mir mit: »Ich mag es nicht. Mikey.
Zu Hause haben das nur Rasta-Männer.
Bist du jetzt ein Rastafari?«

Ich antworte nicht. Ich weiß nicht viel
über Rastafaris, aber ich mag, wie
die Frisur bei Bob Marley aussieht.

Grandma B. zischt und stellt einen
Teller auf den Tisch vor mir.

Ziegencurry mit Reis und Bohnen.
Dann legt sie einen Zwanzig-Pfund-Schein
neben meinen Teller.

Sie sagt: »Nimm das für den Barber Shop.
Schneide es ab, Mikey. Schneid es ab.«
Ich esse schweigend und schiebe aus Versehen,
mit Absicht, den Geldschein vom Tisch und
hoffe, Grandma saugt ihn ein.

Lieber Bob Marley,

wie ist es, *mixed* zu sein,
aber als Schwarz akzeptiert zu werden?

Wie ist es für dich, dass deine Arbeit auf
der ganzen Welt bekannt ist?

Wie ist es, den Tod durch deine Arbeit
überlebt zu haben?

Wie ist es, deinen Vater nicht zu kennen,
doch trotzdem zu wissen, wer du bist?

Bei einem Mittagessen in **B24** teilen Daisy und ich einen kalten, aber leckeren Shepherd's Pie aus meiner schwarzen Tupper-Box. Ich frage Daisy: »Warum sagst du, dass du *weiß* bist? Ist es dir peinlich, *mixed* zu sein?«

Daisy schießt zurück: »Meine Mum ist *mixed,* aber selbst sie erwähnt es nicht. Sie hat nur einmal mit mir darüber gesprochen. Ich habe ihre jamaikanische Familie noch nie getroffen. Es ist mir nicht peinlich, aber ich habe nichts zu beanspruchen, nichts wurde an mich weitergegeben. Leute können es mir nicht ansehen; vielleicht wenn ich mit meiner Mum unterwegs bin, aber das bin ich nie. Allein sehe ich nur aus wie ein *weißes* Mädchen mit Sonnenbräunung und das passt mir gut genug. Ich will mich nicht immer vor Leuten erklären müssen. Ich sehe, wie du es immer tun musst. Wie Leute dir Fragen stellen, als hätten sie das Recht, deinen Stammbaum zu sehen. Ich will das nicht. Ich will nur ich sein.«

Ich will sie nicht noch wütender machen.
Was ich also nicht sage, ist:
Du versteckst einen Teil von dir.

COMING-OUT

Lieber Rowan,

ich mag dich schon so lange. Du lächelst
immer so viel. Du wirkst so sorglos.
Ich kenne dich nicht sehr gut,
aber was ich sehe, gefällt mir sehr. Ich mag
deine roten Haare, deine Sommersprossen.
Du bist so cool, aber irgendwie albern.
Du bist so selbstbewusst im Theaterkurs.
Ich wünschte, wir hätten mehr Kurse zusammen.
Vielleicht würden wir uns dann besser kennen.
Im Theater geben wir vor,
jemand anderes zu sein.
Vielleicht ist das die Schule im Allgemeinen?
Ich will mich bei dir nicht verstellen.
Ich mag dich.
Obwohl ich dich nicht wirklich kenne,
würde ich dich gerne kennenlernen.
Also schreib mir bitte zurück
oder sag mir, wenn du mich siehst,
willst du mit mir ausgehen?

Michael

Mit dem Brief in der Hand
suche ich nach Rowan.

Er ist leicht zu finden.
Der einzige Rothaarige
in der ganzen Schule.

Er ist eine dauerhafte Flamme.
Eine Kerze, die immer brennt.

Ich rufe seinen Namen. Er dreht
sich um, streicht dabei seine
rote Mähne aus den Augen.

Ich erinnere mich an den
hübschen Jungen, Alistair,
mit den langen Haaren
in meiner letzten Schule.
Wurden wir rausgepickt
und zum Prügeln gedrängt,
weil die älteren Jungs
etwas sahen, das wir noch
nicht realisiert hatten?

Rowan sieht mich jetzt
an und ich spüre dieses
bekannte Gefühl.

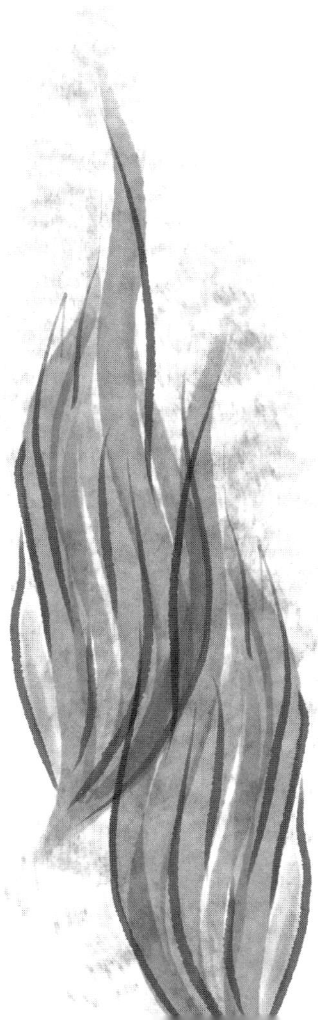

Niemand ruft:
Kämpfen! Kämpfen! Kämpfen!
Aber ich höre es trotzdem.

Ich möchte mich nicht prügeln,
ich will das Gegenteil.

Es ist ein Lächelduell.
Ich lächle und sage nichts.
Er lächelt, aber sein
Lächeln schwindet.

Ich denke an unseren Fast-Kuss
und es macht mir Mut.

Ich halte meine Hand hin.
»Das ist für dich«, rufe ich und
einige bleiben neben uns stehen
und starren, aber es ist mir egal.

»Was ist das?«

»Es ist ein Brief, der fragt, ob du mit mir
ausgehen möchtest.« *Scheiße, warum habe
ich das so laut gesagt?* Die Zuschauenden kichern.
»Oh, okay«, meint er. »Das ist unangenehm.«

»Tut mir leid«, sage ich und verstehe.
Ich habe es total falsch verstanden.

»Tut mir leid«, sagt Rowan.

»Ist okay«, sage ich. »Ist okay«, wiederhole ich,
obwohl es nicht okay ist.

Und der Brief fällt zu meinen Füßen.
Ich sehe hinunter, aber hebe ihn nicht auf.

Stattdessen nehme ich an Geschwindigkeit
auf und laufe zur nächsten Klasse.
Danke Gott, dass es nicht Theater ist.

Auf dem Flur, nach der Doppelstunde Religion,
fragt Mr. Casey, ob es mir gut geht.
Ich scheine heute nicht ich selbst zu sein.
Ich erzähle ihm von meinem Brief an Rowan
und dass ich glaube, dass ich schwul bin.
Ich frage ihn, ob ich in die Hölle komme.
Er erzählt mir von Beziehungen zwischen
Männern in der Bibel. Er erzählt mir, dass
Männerfreundschaften ganz natürlich sind.
Ich sage ihm, dass ich nicht von Freundschaft
spreche. Er sagt, ich sollte noch keinen Sex haben.
Er hat recht, schätze ich: Ich bin erst fünfzehn,
aber manchmal fühlt es sich so an,
als würden es alle anderen schon tun.
Wie dem auch sei, das ist nicht,
was ich von Rowan wollte.
Ich dachte nur, dass er mich vielleicht mag.
Ich habe mich geirrt.

Ich bin in **B24** und warte auf Daisy zum Essen.
Ich lese noch einmal die erste Zeile von
Die Farbe Lila: »Erzähl das ja keinem außer Gott.«

Wir lesen das Buch im Unterricht. Den Film
habe ich schon siebenmal gesehen, aber ich
komme nie über die erste Zeile hinaus, wenn
ich das Buch aufschlage.

Kieran klopft an die Tür, obwohl sie offen ist.
Ich spüre dieses Gefühl von Kampf oder Flucht.

Er kommt auf mich zu und mein Herz rast.
»Ich habe gesehen, wie du das fallengelassen
hast«, sagt Kieran und legt mir meinen Brief
an Rowan in die offenen Buchseiten.
»Und ich dachte, du wolltest nicht,
dass ihn jemand liest.«
Er macht eine Pause beim Sprechen.
»Ich habe ihn aber gelesen –
er ist wirklich süß.«

Ich bin blamiert und verwirrt und habe
immer noch ein bisschen Angst.
»Alles cool?«, fragt Kieran.

»Ja, ich bin schwul«, sage ich,
bereit, dass er mich schlägt.

Er lacht. »Nein, du Trottel.
Ich hab gefragt, ob alles *cool* ist.«

»Oh, ja. Denke schon … Nein«, sage ich.

Nicht weinen, Michael, bitte nicht weinen,
sage ich zu mir selbst, aber es ist zu spät.

Ich weiß nicht, warum er so nett zu mir ist.

Er legt seinen Arm um mich und meint:
»Keine Sorge, du kannst nicht jedes Mal
einen Treffer landen, aber du musst es
trotzdem wagen. Meinen Respekt, dass
du das Risiko eingegangen bist, Bro.
Ich hab eine Frage für dich:
Warum wolltest du mit dem *weißesten*
Typen der Schule ausgehen? Warum
gibst du nicht ’nem Bruder eine Chance?«

Ich lache durch meine Tränen. »Du bist witzig.«

»Ja«, Kieran seufzt. »Du auch. Ich sollte
gehen, aber wenn dir jemand Probleme
macht, lass es mich wissen.« Er drückt
meine Schulter und läuft zur Tür.

Er dreht sich um. »Wusstest du,
dass der erste offen schwule Fußballer
Justin Fashanu war? Er war der erste
Schwarze Fußballer, der eine Million
Ablösesumme bekam. Heute ist das
nichts, aber in den Achtzigern war
das eine richtig große Sache.«

Kieran verharrt noch eine Sekunde
an der Tür, dann geht er.

Ich nehme mein Handy raus.
Ich google »Justin Fashanu«.
Was Kieran erwähnt hat, stimmt,
aber es sieht aus, als wäre sein
Leben nach dem Coming-out
die Hölle gewesen. Er hat sich
das Leben genommen.
Ich frage mich, ob Kieran das weiß.

Nach dem Essen habe ich Englisch,
und als ich in den Klassenraum laufe,
bin ich sicher, dass Leute über mich reden.
Daisys Stuhl ist leer. Ich habe den ganzen
Tag nichts von ihr gehört.

Als der Unterricht beginnt, finde ich mich
damit ab, dass Daisy heute nicht da ist.
Aber dann platzt sie herein. »Tut mir leid,
dass ich zu spät bin. Wird nicht wieder passieren.«

Als sie sich neben mich setzt,
flüstert sie: »Das ist für dich.«
Sie schiebt mir ein gefaltetes
Papier mit meinem Namen hin.

Lieber Michael,

ich hoffe, es geht dir gut.
Tut mir leid, dass ich deinen Brief
nicht gelesen habe. Als du gegangen bist,
hat Kieran ihn aufgehoben.
Er hat mir gesagt, dass ich kaltherzig bin.
Tut mir leid.
Ich war überrascht.
Vielleicht hilft es dir zu wissen,
dass ich bisexuell bin. Du auch?
Ich dachte, du und Daisy wärt zusammen.
Ich habe eine Freundin.
Sie geht auf eine andere Schule.
Ich schätze, ich liebe sie.
Du scheinst toll zu sein.
Und mutig.
Ich bin sicher, du findest jemanden.

Wir sehen uns in Theater.

Rowan :)

Daisy möchte nach der Schule
abhängen, aber ich will direkt
nach Hause. Ich denke
darüber nach, was es bedeutet,
vor meiner ganzen Schule
geoutet zu sein.

Ich denke an Rowan.
Ich denke an Kieran.
Ich denke darüber nach,
in die Hölle zu kommen,
wenn ich sterbe.
Und über eine Hölle
auf Erden.

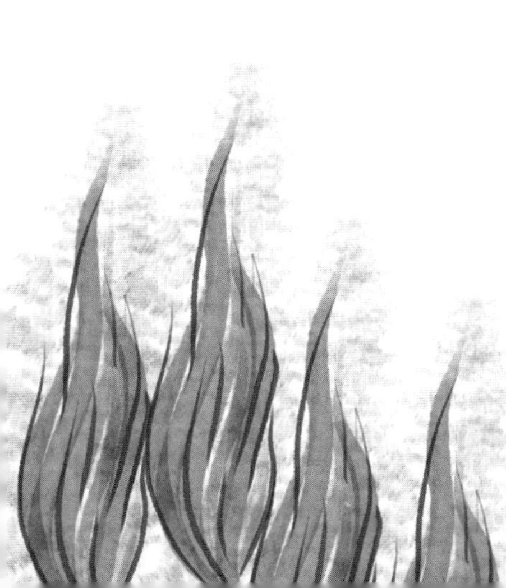
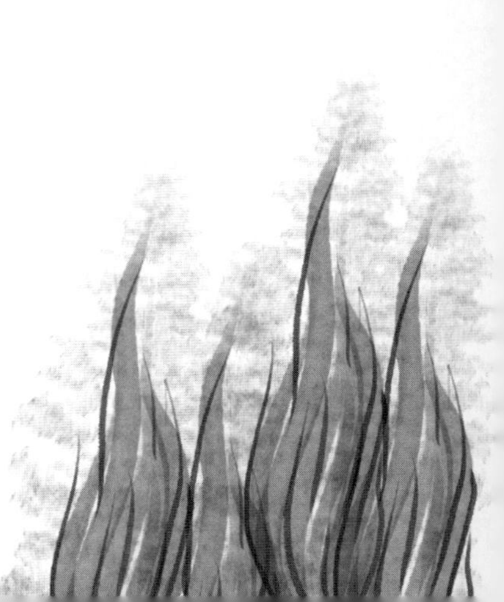

Ich trage beim Abwaschen nie Handschuhe.
Ich benutze mehr Spülseife, als ich brauche.
Ich starre in die Bläschen.

Meine bloßen Hände im Wasser; es ist nicht brühend heiß, aber heiß genug, dass ich etwas fühle. Meine Hände. Sonst nichts.

Meine Handlungen sind automatisiert. Ich realisiere nicht, dass ich weine, bis Mum reinkommt und fragt: »Was ist denn los?«

»Ich habe heute jemanden gefragt,
mit mir auszugehen«, sage ich.

»Was hat sie gesagt?«, fragt Mum.

»Er hat *Nein* gesagt, Mami. ER hat *NEIN* gesagt.«

Es ist großartig dramatisch, wie ich mich auf den Boden werfe und beginne zu schluchzen. Mum ist das einzige Publikum,das ich für diesen Moment brauche. Es ist die Ablehnung, es ist die Erleichterung, es ist eine Art von Freude.

Mum kniet sich neben mich hin

und ich rolle mich in ihrem Schoß zusammen.

Sie reibt meinen Rücken

und sagt: »Es ist okay.«

Und ich schreie: »Ich weiß, dass es okay ist.«

Und sie reibt schweigend meinen Rücken.

Dann sagt sie: »Du musst vorsichtig sein.

Du musst Kondome benutzen.

Wegen HIV.

Weißt du?«

»Ich weiß, Mami.«

Ich sehe Kieran mit anderen Augen.
Ich schätze zum ersten Mal sein Aussehen
und die Fußball-Skills. Er wird mein
imaginärer fester Freund.

Es ist beruhigend. Wir haben keine Kurse
zusammen, aber in der Mittagspause
winkt er mir vom Fußballfeld aus zu.
Zumindest glaube ich, dass er mir zuwinkt –
er könnte auch Daisy zuwinken.

»Findest du Kieran gut?«, frage ich sie.

»Nein«, meint sie. »Ich stehe nicht
auf Schwarze Jungs.«

Es ist ein weiteres dieser Dinge, die sie sagt,
bei denen ich nicht weiß, wie ich reagieren soll.
Wenn wir nicht befreundet wären, würde
ich denken, dass sie rassistisch ist. Kann man
rassistisch sein, wenn man ein Viertel Schwarz ist?

Wie kann irgendwer Kieran nicht gut finden?
Er hat ein perfektes Lächeln, seine Frisur
sieht immer frisch geschnitten aus. Er sieht
nie ungepflegt aus; sogar nach einer ganzen
Stunde Fußballspielen kommt er
nicht mal ins Schwitzen.

Ich stelle mir vor, wie ich am Rand
vom Fußballfeld stehe und Kieran beim
Spielen zusehe. Wenn er ein Tor schießt,
rennt er rüber, um mich zu küssen,
um zu feiern. Und es ist ganz normal.

Ich stelle mir vor, hinten im Bus zu sitzen,
mit ihm und all den anderen Schwarzen Jungs
auf dem Weg von der Schule nach Hause
und nicht in der Mitte, mit Daisy.

Nichts ändert sich an ihrem Lachen
und den Neckereien, als Kieran
seinen Arm um mich legt.

Unser Sportlehrer trägt
Regenbogen-Schnürsenkel
in seinen Fußballschuhen.

Die zwei Dinge, die mir beim
Fußballspielen gefallen,
sind, Kieran zuzusehen,
und, wie die Schnürsenkel
unseres Lehrers zu mir sagen:
»Queer zu sein, ist okay!«

Wenn Kieran mein Freund wäre, würde Mum
ihn dann bei mir übernachten lassen?
Würden wir warten, bis wir sechzehn sind?
Würden wir bis zur Hochzeit warten?

Wie christlich ist Kieran?
Als Gott Kieran erschuf,

hat er ihn für mich gemacht?
Ich stelle mir uns in Eden vor –

zwei Schwarze Jungs im Paradies,
nackt, ohne Feigenblätter.
Adam und Eva gibt es schon
lange nicht mehr, also erben
Kieran und Michael

den Garten
und die Schlange
ist vergessen
und die Frucht
am Baum
der Erkenntnis
ist verdorben.

SÜSSE SECHZEHN

Manchmal entdecke ich Notizzettel in meiner Schultasche. Es sind Textstellen aus der Bibel.

»Du darfst nicht mit einem Mann schlafen,
wie man mit einer Frau schläft; das wäre ein Gräuel.«
(3. Buch Mose 18:22)

»Schläft einer mit einem Mann, wie man mit einer Frau schläft, dann haben sie eine Gräueltat begangen; beide haben den Tod verdient; ihr Blut kommt auf sie selbst.«
(3. Buch Mose 20:13)

Ich erzähle Daisy oder sonst wem nichts davon.
Ich lasse meine Tasche nie aus dem Blick
und trotzdem kommen weitere Notizzettel.

Sie schreien: **»Batty bwoy!«**

»Batty bwoy!«

Ich bin in der Straße, in der ich wohne,
in Wembley. Ich habe Angst,
aber ich schaue sie für eine Sekunde
direkt an.
Vier lachende Kinder:
zwei asiatische Jungs,
ein Schwarzer Junge
und ein *weißes* Mädchen,
etwa in dem Alter meiner Schwester.
Ich erkenne sie nicht,
aber ich erkenne den Dialekt,
der so gedankenlos/gewaltsam
in meine Richtung geschleudert wird.
»Batty bwoy!« heißt
Weniger-als-ein-Mann, der von
einem anderen Weniger-als-ein-Mann
penetriert wird oder ihn penetriert.
Ich merke, dass die Phrase sexueller Natur ist.
Die Phrase ist über Sex.
Es ist, als ob sie schreien würden:

»Du hast Po-Sex!«

Ich hab es in Musik gehört,
in Liedern aus Jamaika,
die dazu aufrufen, schwule Männer
umzubringen.

Als ich nach Hause komme,
bin ich am Zittern. Ich sage Mum:
»Sie waren viel jünger als ich.
Wahrscheinlich Annas Alter,
aber es war beängstigend. Woher
wissen sie, dass ich schwul bin?
Kann man es einfach so sehen?«

Mum legt ihre Hände auf meine
Schultern und sieht mir in die Augen.
»Menschen sind grausam, Michael.
Kinder sind grausam. Erwachsene sind grausam.
Das ist einfach Teil des Lebens.«

Ich dachte, sie würde mir sagen, wie
schrecklich es war, was sie sagten. Ich dachte,
vielleicht würde sie die Polizei rufen.

Stattdessen fragt sie leise:
»Hast du es deiner Schwester erzählt?
Weiß Anna, dass du schwul bist?«

Ich nehme an, dass Anna es weiß,
weil wir zusammen
zu Beyoncé tanzen
und *RuPaul's Drag Race* schauen.

Ich schätze, ich könnte auch hetero sein
und diese Dinge machen.

Ich rufe sie herunter
und sage:
»Ich muss dir was sagen:
Ich bin schwul.«

Sie lacht. »Ich weiß.« Dann fragt sie:
»Hast du einen festen Freund?«

DAISY: ALLES GUTE ZUM GEBURTSTAG! Gehen wir aus, nach der Schule?

MICHAEL: Ich kann nicht. Sorry.

DAISY: Ich weiß, dein Geburtstag ist ein schwieriges Thema, aber es wäre schön, mit dir rumzuhängen. Kino?

DAISY: Ich lade dich ein. Es gibt einen richtig cool klingenden Film, den ich sehen will. Er heißt *The Lobster.*

MICHAEL: Ich fahre weg mit Onkel B.

MUM: Heute Abend mache ich Shepherd's Pie, als Geburtstags-Festessen.

~~**MICHAEL:** Das ist schon seit Jahren nicht mehr mein Lieblingsessen.~~

MICHAEL: Ich gehe mit Daisy ins Kino.

MUM: Alles klar, viel Spaß. Wenn du wieder da bist, ist das Essen fertig.

In der Schule sitze ich bei den Toiletten.
In meiner Tasche sind die Kondome,
die Mum mir besorgt hatte,
sowie ein neues dickes schwarzes
Notizbuch und ein besonderer Stift.
Das Notizbuch ist von *Moleskine*
und der Stift von *Cross.*
Ich bin nervös, die Sachen mit in die Schule zu bringen,
falls ich sie verliere.
Ich bin nervös, die Kondome mitzubringen,
falls jemand sie sieht.
Ich lade eine App runter,
mit der ich mit schwulen Typen
in der Gegend reden kann.
Ich mache ein Treffen mit einem aus,
mit Alex, nach der Schule.
Er schickt mir ein Foto.
Er sieht freundlich aus:
ein großes Lächeln, weiße Zähne,
blaue Augen, ein wenig rosa im Gesicht.
Er sagt, ich kann nicht zu ihm
kommen. Aber er kennt einen
Ort, wo wir hingehen können.

Wir knien im Rasen
zwischen zwei Grabsteinen, küssen uns
mit Zunge, unsere Münder sind trocken
vom Joint, den wir grade geraucht haben.
Mein erster Joint, mein erster richtiger Kuss.
Alex sagt, er ist neunzehn, aber er sieht älter aus.
Vielleicht ist es sein grauer Anzug, die Jacke
hängt über einem der Grabsteine und mein
schwarzer Schulblazer auf dem anderen.
Vielleicht sind es seine Bartstoppeln.
Auf dem Foto war er glattrasiert.

Alex hat seine Hand auf meinen Rücken gelegt.
Es scheint das Einzige zu sein, was mich aufrechthält.

Er stoppt. »Kennst du *Poppers?*«
Ich schließe meine Augen und stelle mir winzige
Plastikkanonen vor, die kurz davor sind,
abgefeuert zu werden,
Ballons, die gleich von der Decke fallen,
und meinen Teenage-Mutant-Ninj-Turtle-
Geburtstagskuchen von damals, als ich sechs wurde.

Ich bin high vom Gras, kurz davor,
auf einem Friedhof mein erstes Mal zu haben.
Er reicht mir eine kleine Glasflasche voll
mit einer Flüssigkeit.
Ich schraube den Deckel ab. »Soll ich das trinken?«
»Nein, man hält es unter die Nase, so,
und inhaliert; es hilft dir zu entspannen.«

Ich folge seiner Anweisung. Eine chemische Explosion
in meinem Gehirn, Luftschlangen zerplatzen zu einem
verhedderten Regenbogen,
dann verblasst alles und es wird schwarz.

Als ich aufwache, reflektieren seine Augen
mein Spiegelbild, wie ein Zombie, der aus
dem Grab aufwacht. Ich fühle mich wie eine
leere Plastikkanone, Rückstände einer Party,
wie Ballonfetzen.

Als ich nach Hause zurückkomme, wartet
kalter Auflauf auf mich. Mum fragt mich
nicht nach dem Matsch an meinen Hosen.
Nach meinen roten Augen. Meinem fehlenden Schulblazer.

In dieser Nacht im Bett liegend,
stelle ich mir all die Möglichkeiten vor,
wie Alex mich hätte verletzen können,
als ich ohnmächtig war.
Er hat mich nicht verletzt,
aber er hätte mich so leicht
töten können und wir waren
ja schon auf einem Friedhof.
Es war dumm von mir, ihn zu treffen,
ohne es jemandem zu erzählen.
Es war aufregend,
aber jetzt hört meine Fantasie
nicht auf, mir die schrecklichen Dinge
zu zeigen, die mir jemand antun könnte.
Ob ich ohnmächtig bin oder nicht,
man könnte mich überwältigen.
Ich bin nicht groß. Ich bin nicht stark.
Männer zu treffen, ist keine
gute Idee. Nur, weil ich könnte,
heißt es nicht, dass ich bereit bin,
mit einem Fremden
mein erstes Mal zu haben.
Ich entscheide, die App zu löschen,
mich selbst zu beschützen.

MICHAEL: Hey

DAISY: Hey! 2 min. noch von deinem Geburtstag übrig. Wie war dein Abend?

~~**MICHAEL:** So schrecklich.
Ich habe etwas Dummes getan.~~

MICHAEL: War in Ordnung.
Onkel B. richtet Grüße aus.

DAISY: 👋
Ich habe diesen Film *Lobster* gesehen. Der war so schräg. Leute wurden in Tiere verwandelt, wenn sie keine Beziehung finden konnten.

MICHAEL: Das klingt abgedreht!

DAISY: Jap. Aber sie konnten sich das Tier aussuchen.

MICHAEL: Welches Tier würdest du sein?

DAISY: Ich glaube vielleicht ein Flamingo. Du?

MICHAEL: Ich weiß nicht.
Vielleicht eine Schildkröte.

Kaputtes / Zuhause

Weil die Schildkröte ihr Zuhause
auf dem Rücken trägt,
muss sie nicht danach suchen.
Geboren mit einem weichen Panzer,
der erhärtet, wenn sie wächst.
Das Rückgrat ist Teil ihres Panzers.
Das heißt, ein Unfall oder eine Attacke
könnte ihren Panzer brechen und sie
mit einem kaputten Zuhause zurücklassen,
dem sie nicht entfliehen kann.

LEVENTIS

Mum hat gerade eine Phase, in der sie
uns jedes Gericht auf Wunsch kocht:
Jamaikanisches Hähnchen oder
Ziegencurry mit Reis und Erbsen,
Ackee mit Salzfisch, gefüllte Weinblätter,
Shepherd's Pie, Sonntagsbraten.

Mum kauft mir und Anna Spielekonsolen,
Smartphones, Kleidung, alles, was sie sich leisten kann,
und wenn sie es nicht bezahlen kann, leiht sie
Geld, um mich zum Hip-Hop-Tanzkurs und
Anna zum Ballett anzumelden; und jetzt, um mit uns
das erste Mal in den Urlaub zu fahren.

Mum platzt in die Küche.
»Ich habe eine Überraschung für euch!«

Wir sitzen zusammengesunken am Tisch.
Daisy und ich machen eine Pause
von der Abiturvorbereitung.

Daisy hilft Anna bei ihren viel einfacheren
Hausaufgaben und ich schreibe ein Gedicht.

»Ich habe grade mit deinem Dad gesprochen,
Daisy. Er sagt, er wird dein Ticket bezahlen,
damit du zu Ostern mit uns nach Zypern kannst.«

»Wir fahren in den Urlaub?«, schreit Anna,
während sie aufgeregt aufspringt und beide Hände
auf den Küchentisch schlägt. Daisy fängt Annas
Bleistift auf, als er von der Tischkante rollt.

Ich lehne mich im Stuhl zurück und
schließe mein Notizbuch. »Wer bezahlt
für unsere Tickets, Mami?«

»Trevor hat etwas Geld für Anna gegeben
und Onkel B. für dich.«

Männer, die nicht mein Dad sind.

Annas Dad	ist nicht mein Dad.
Onkel B.	ist nicht mein Dad.
Unser Vater im Himmel	ist nicht mein Dad.
Mein Religionslehrer	ist nicht mein Dad.
Mein Sportlehrer	ist nicht mein Dad.
Mein Englischlehrer	ist nicht mein Dad.
Mein Theaterlehrer	ist nicht mein Dad.
Bob Marley	ist nicht mein Dad.
Idris Elba	ist nicht mein Dad.
Will Smith	ist nicht mein Dad.
Jay Z	ist nicht mein Dad.
Mein eigener Vater	ist nicht mein Dad.

Anna springt von ihrem Stuhl und tanzt
um den Tisch. »Wir fahren in den Urlaub!
Wir fahren in den Urlaub!«

»Danke!«, sagt Daisy zu meiner Mum
und umarmt sie.

»Danke, Mami«, sage ich von meinem Stuhl aus.

Manchmal denke ich, Mum liebt Daisy so sehr
wie uns. Manchmal vielleicht mehr als mich.

Ich bin sauer, dass Mum mich nicht gefragt hat,
ob ich will, dass Daisy mit in den Urlaub kommt.
Ich hätte »Ja« gesagt,aber ich hatte gar nicht
die Chance, zu entscheiden.

Mum, Anna und Daisy
gehen Schwimmsachen
shoppen.
Ich entscheide mich, zu Hause zu bleiben.
»Besorgt mir einfach schwarze Badehosen,
keine Speedos«, sage ich.

Während sie weg sind,
google ich »Speedos«,
und die erste Seite
der Suchergebnisse zeigen
Bilder von Tom Daley.
Ich schaue sie mir immer noch an,
als Mum, Anna und
Daisy wiederkommen.

Mum reicht mir eine Einkaufstüte.
»Danke, Mami«, sage ich.
»Gern geschehen«, kichert Mum.
»Ich fange an zu packen.
Eine Woche noch! Anna,
komm und hilf mir packen.«

Mum und Anna rennen Händchen haltend
und lachend aus dem Raum.
Ich schaue in die Tüte,
finde das winzigste
Paar

pinkfarbener Bade-Speedos, die ich je gesehen habe.

Daisy bricht in Gelächter aus.
»Das ist nicht mal lustig!«, schreie ich,
während ich das winzige pinkfarbene Stück Stoff
in Daisys Gesicht werfe.
»Wer hat unser Geld verschwendet
für so einen blöden Witz?«

Daisy nimmt lachend die Speedos
aus ihrem Gesicht und nimmt
eine schwarze Badehose
aus ihrer eigenen Einkaufstüte,
um sie mir zu reichen.
»Du hättest dein Gesicht sehen sollen!«,
sagt Daisy, noch immer grinsend.

»Du hättest deins sehen sollen«, antworte ich
und bereite meinen Knallerscherz vor:
»Sieht bedeckt viel besser aus.
Was soll ich mit denen machen?«
Ich halte die pinkfarbenen Speedos in die Höhe.

Als Daisy nach Hause aufbricht, gehe ich
in mein Zimmer und schiebe mein Bett
quer, um die Tür zu barrikadieren.
Ich werfe meine Kleidung ab. Quetsche
mich in die Speedos. Ich bin kein Tom Daley,
aber ich mag, was ich in meinem Ganzkörperspiegel sehe.
Ich drehe mich, checke meinen Po ab,
twerke ein bisschen, kichernd.

Onkel B. fährt uns zum Flughafen.
Er und Mum quatschen die ganze Fahrt über.
Anna und Daisy sind hinten
neben mir, Daisy in der Mitte.
Ich starre aus dem Fenster, schaue
nichts Bestimmtes an, die ganze Fahrt lang.

Anna und Daisy hören *Little Mix*
mit Daisys Handy, jede von ihnen einen Kopfhörer.
Sie singen *Black Magic.* Ich mag den Song,
aber ich mache nicht mit.

Ich dachte immer, Onkel B. würde mich
in meinen ersten Urlaub mitnehmen.
Ich dachte, es würde in Jamaika sein.

Als ich ihm helfe, unsere Taschen aus
dem Kofferraum und auf den Rollwagen
zu heben, sage ich:
»Danke, dass du meiner Mum das Geld
gegeben hast.« Was ich nicht sage, ist:
Ich wünschte, du wärst mein Dad und nicht er.

Im Flugzeug haben wir drei Sitze
nebeneinander und einen auf der anderen Seite
des Gangs. Anna möchte den Fensterplatz
und Mum neben sich haben.

Ich sage Daisy, sie soll neben Mum sitzen,
nehme den Sitz auf der anderen Gangseite
mit zwei Fremden, die einander keine
Fremden sind.

Das Paar küsst sich den ganzen Flug lang.
Sie hören nur auf, um auf Griechisch zu sprechen,
und ich kenne nur ein paar Worte, die Mum mir
beigebracht hat. Es wird das Hintergrundgeräusch
meines Flugs. Ich höre das Wort *agape,* was
»Liebe« bedeutet, und *agape mou,*
was »Meine Liebe« bedeutet.

Wir kommen spät nachts in einem Taxi
am Haus meiner Großeltern in Larnaka an.
Es ist vertraut, aber anders.
Selbst mein Name ist hier anders.
Meine Großeltern nennen mich »Michalis«,
was eine griechischere Art ist, »Michael« zu sagen.

Grandma sagt: *»Éla, agape mou«*,
deutet mir an, an den Tisch zu kommen.
Sie hat gefüllte Weinblätter gemacht,
wie die, die Mum macht, außer
dass diese aus echtem Fleisch sind
und nicht geschmacklosem Soja-Hack.
Mum stöhnt auf, wiederholt: »Ich habe
ihr gesagt, dass ich kein Fleisch esse.«
Sie schüttelt den Kopf und schiebt
die gefüllten Weinblätter von
ihrem Teller auf meinen.

Es gibt genug Zimmer im Haus
meiner Großeltern, sodass Daisy
und ich unsere eigenen haben können,
wenn Mum und Anna sich eines teilen.

Grandma kommt hoch und hilft uns
beim Einrichten.

Mum bleibt weiterhin reizbar und abweisend
gegenüber Grandma,
so wie ich manchmal reizbar und abweisend
zu Mum bin.

Größtenteils kann ich nicht verstehen,
was Mum und Grandma sagen,
weil sie auf Griechisch sprechen.

Als ich Mum eine andere Sprache
als Englisch sprechen höre
und sie dabei so pampig ist wie jetzt,
bemerke ich, dass sie wie ein anderer Mensch wirkt.
Als wäre sie wieder zu ihrem Teenager-
Selbst geworden. Das Mädchen,
das sie war, bevor es mich gab.
Das Mädchen aus dem letzten Millennium.

Am nächsten Tag am Strand
hat Daisy Anna zum
Eisholen mitgenommen.

Fremde rufen: »Bob Marley!«
Die ersten paar Male lache ich und winke,
aber nach einer Weile rolle ich nur noch mit den Augen.

Ein Mädchen im pinkfarbenen Bikini
kommt zu mir gelaufen und fasst meine Haare an.
»Xereis na milas ellinika?«

»Entschuldigung?«, sage ich geschockt
und bewege mich von ihr weg.

Sie wiederholt auf Englisch:
»Sprichst du Griechisch?«

»Nein, ich spreche kein Griechisch.«

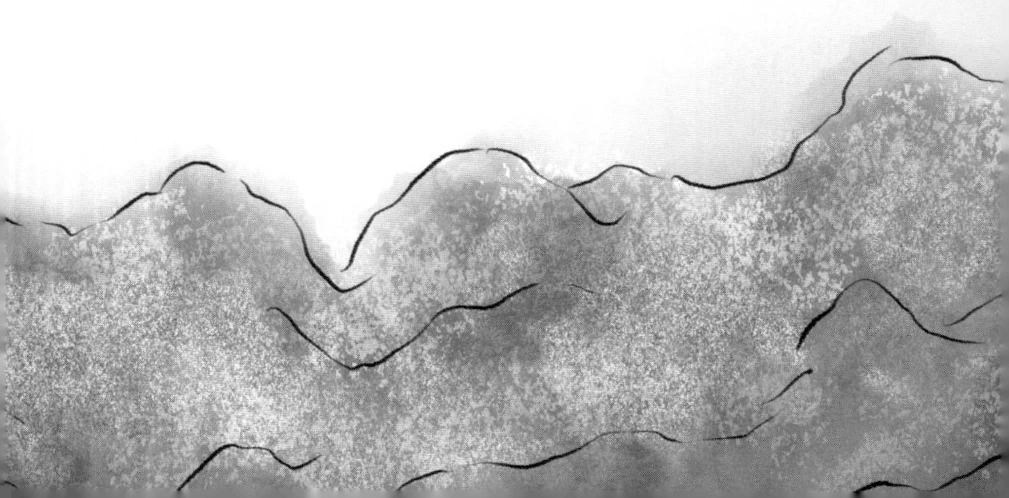

Sie sagt: »Du bist aus Jamaika.«
Fragt sie mich oder erklärt sie es mir?

»Leventis«, sagt sie zu ihrer Freundin,
die ich nicht bemerkt hatte.

Bevor ich die Chance habe zu antworten,
schaut mich die Freundin von oben
bis unten an und nickt. Sie kichern,
verhaken ihre Arme und laufen ins Meer.

»Leventis«, wiederhole ich, damit ich es nicht vergesse.

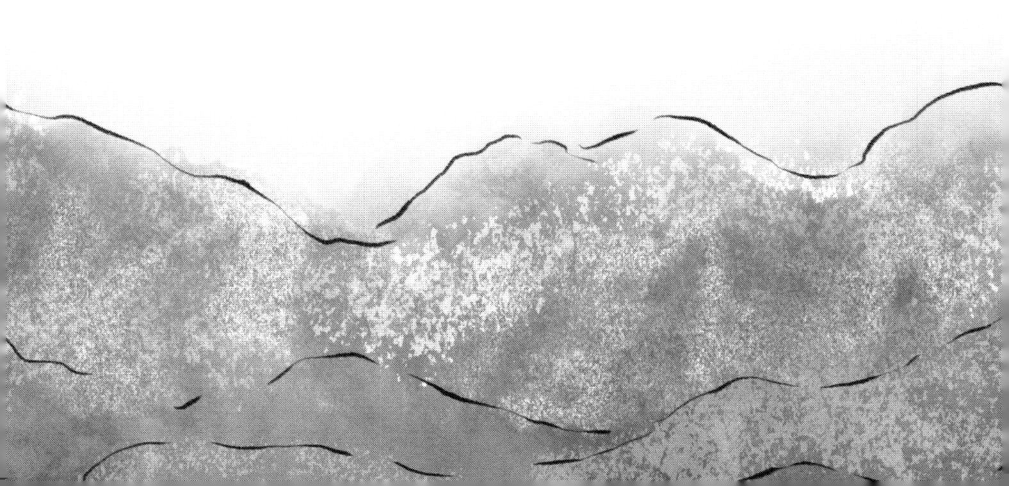

»Mum, was heißt *Leventis?*«

Sie lacht, sieht blinzelnd
von ihrem Buch auf und fragt:
»Wer hat das zu dir gesagt?«

Ich rutsche nach rechts,
um die Sonne in ihrem Gesicht
zu blocken. »So ein Mädchen,
gerade eben.« Ich zeige auf das Meer,
aber ich kann die pinkfarbenen Bikinis
nicht voneinander unterscheiden.

»Es bedeutet *Schöner Mann* oder
hübscher Junge. Und es kann auch
mutig heißen.«

Ich bin schockiert,
dass es nichts Schlechtes ist.

»Leventis«, wiederhole ich noch einmal.
Schöner Mann, hübscher Junge oder mutig.
Aber bin ich auch nur irgendeines dieser Dinge?
Vielleicht für ein zyperngriechisches
Mädchen am Strand.

Aber wo sind die Jungs, die mich so sehen?

Leventis. Kann man das wirklich einfach
so ins Englische übersetzen.

Ich fühle mich nicht schön,
ich fühle mich nicht hübsch
und ich fühle mich nicht mutig.

Abgesehen von den Zigarettenstummeln,
ist dieser Strand perfekt.
Ich habe Sonnencreme aufgetragen, aber
Ich glaube, ich brauche sie nicht wirklich.
Es ist wie an einem unserer besseren
Sommertage in England:
warm, aber nicht zu heiß,
um es nicht zu ertragen.
Aber wir sind weit weg von
den Kieselsteinen in Brighton.

Anna und ich bauen unsere erste
richtige Sandburg zusammen.
Wir buddeln einen Graben um sie herum,
gießen das Mittelmeer hinein.

Daisy lernt auf ihrer Sonnenliege,
umgeben von Büchern und Karteikarten.
Ich hatte auch vor zu lernen.
Aber jetzt, da wir hier sind,
kommt es mir unsinnig vor.

Daisy und ich bewerben uns beide
fürs Englischstudium, aber nicht an
denselben Universitäten.

Ich rufe Daisy zu: »Glaubst du nicht,
es würde Spaß machen, wenn du nach
Brighton kommst?«

Daisy sieht hoch und sagt ohne Umschweife:
»Du weißt doch, Brighton ist für mich
nicht interessant.«

Anna kichert und wiederholt:
»Du weißt doch, Brighton ist
für mich nicht interessant.«

Daisy sagt: »Hey, machst du dich ü
ber mich lustig?«

Sie greift runter und fasst eine Handvoll
Sand und wirft sie in unsere Richtung.

Anna lacht und wirft Sand zurück
in Daisys Richtung.

»Hört auf!«, sagt Mum,
die ins Kreuzfeuer geraten ist.

Mum liegt in der Sonne und liest
Es von Stephen King.
Ich habe die Verfilmung vor Jahren
mit Trevor gesehen. Er meinte, ich sei mutig,
weil ich keine Angst hatte
vor den Filmen, die er mir gezeigt hat.

In *Es* gibt es einen bösen Clown,
namens Pennywise, der Kindern
ihre schlimmsten Ängste zeigt.

Ich lehne mich in den Sand zurück,
sehe hoch in den Himmel
und kann die Umrisse
von Mum, Anna und Daisy nicht mehr sehen.
Und ich realisiere, mit all dem Wissen in der Welt,
dass meine größte Angst ist,
ohne meine Familie zu sein
– und das schließt Daisy mit ein.

Ich schleiche unbemerkt hinter
Mums Sonnenliege und flüstere
ein Zitat aus dem Film in ihr Ohr:
»Wir alle fliegen hier unten.«
Mum schreit auf, dann lacht sie
und haut mich mit ihrem Buch.
Anna lacht auch, während sie
einen weiteren Turm
zu unserer Sandburg hinzufügt.

Mum bringt mir ein Magazin
vom Strandladen mit:
Attitude mit Tom Daley
auf dem Cover.
Dein Traumkörper

Ich hab schon auf die Website
von *Attitude* am Handy geschaut,
aber als Mum mir ein
physisches Exemplar bringt,
fühlt es sich an, als ob sie mir
ihren Segen gibt.

Im Magazin ist der Rat,
seinen Körper zu
akzeptieren und zu lieben,
egal wie man aussieht.
Ich denke nicht oft über meine
dünne Figur nach, aber
jetzt kann ich es nicht
vermeiden.

Ich weiß nicht, wo ich hinschauen soll
mit all den fast nackten Männerkörpern
Bizeps, Oberkörpern, winzigen
Speedos.

Ich denke an meine pinkfarbenen
Speedos. Ich habe sie heimlich mit
eingepackt – vielleicht könnte ich
später in ihnen zurück zum Strand kommen,
mich zu all den Männern gesellen,
die wissen, wer sie sind, und
denen es nichts ausmacht,
winzige Speedos zu tragen.

Mum sieht mich von ihrer Sonnenliege
von oben bis unten an
und sagt: »Wenn wir zurück
in London sind, könnten wir dich vielleicht
in meinem Fitnessstudio anmelden.«

An unserem zweiten Abend besuchen wir unsere Großtante
zum Abendessen. Sie zeigt zuerst auf Daisy, und ich kann
durch Mums Gesten erkennen, wie sie erklärt, dass Daisy
nicht ihr Kind ist, sondern Anna und ich.

Sie spricht kein Englisch, aber sie lächelt und
versorgt uns mit Essen. Schwarzaugenbohnen und Salat.
Das Essen schmeckt vertraut,
aber ihre Worte nicht. Unsere Großtante
nennt Anna und mich *»ta mávra«*.

Mum will es nicht übersetzen, aber ich bestehe darauf.
»Es bedeutet *die Schwarzen,*
aber nicht auf eine schlechte Art.«

Ich weiß nicht, warum Mum dazu sagen musste,
nicht auf eine schlechte Art, außer wenn es etwas
Schlechtes wäre.

Daisy wird nicht als Schwarz angesehen wie
Anna und ich. Daisy sieht auf ihren Teller
hinunter und sagt nichts.

Mum spricht zu Hause kaum Griechisch mit uns.
Sie hat immer gesagt, sie wollte dazugehören und
Britisch sein. Hier in Zypern können Anna und ich
die Familienunterhaltungen nicht ohne Übersetzungen
verfolgen.

Mum, Anna und Daisy gehen am
nächsten Tag shoppen, also bleibe ich
im Haus mit meinen Großeltern.

Mit Grandpa auf der Veranda sitzend,
gehe ich das erste Mal, seit wir hier sind,
meine Schulnotizen durch.

Während er eine Zigarette anzündet,
fragt Grandpa: »Lernst du viel?«

»Ja, Grandpa.« Ich schaue hinunter
auf meine Notizen, die Daisy für
mich mitgeschrieben hat, und füge
aus schlechtem Gewissen hinzu:
»Daisy hilft mir normalerweise.«

»Sie ist deine feste Freundin?«, fragt er
mit einem großen Lächeln.

»Nein, sie ist meine beste Freundin.«

»Ist das nicht das Gleiche?« fragt Grandpa.

»Fast.« Ich lächle.

Grandpa geht wieder rein.
Er lenkt meine Aufmerksamkeit
auf die Nachrichten. Die Story: Ein schwarzer Flamingo
ist auf der Insel gelandet.

Ein Experte auf dem Bildschirm
erklärt, dass es sich um das
Gegenteil eines Albinos handelt.
»Zu viel Melanin«, sagt er.
Die Kamera zeigt den Salzsee
voller Pink, aber mein Blick
wird von diesem einen schwarzen,
inmitten der farbenprächtigen Körper
angezogen.

Der nächste Abend.
Mein Strandtuch und
meine Shorts trocknen
auf dem Balkon.

Pärchen auf Mopeds fahren
am Haus vorbei. Hunde
gehen mit Menschen vor
dem Abendessen raus.

Grandpa hustet heftig,
zündet sich dann eine
weitere Zigarette an.

Grandma ruft uns zum Essen herein.

Der schwarze Flamingo ist wieder
in den Nachrichten. Ich suche mir den
Esszimmerstuhl gegenüber dem Fernseher aus.

Großvater fragt:
»Warum ist es wichtig, dass er schwarz ist?«
Und fügt hinzu: »Den anderen Flamingos ist das egal.«

Und ich bin mir sicher, dass er damit sagen will:

»Ich liebe dich.«

Am Flughafen von Larnaka sehe ich im Duty-free-Shop
einen pinkfarbenen Plüschflamingo.
Daisy macht sich darüber lustig, aber ich bitte Mum,
ihn für mich zu kaufen.

»Warum kaufe ich das nicht für Anna?«
»Gut, ich hole noch einen.« Ich komme zurück
mit einem zweiten Flamingo,
aber Mum hält eine Flasche Parfüm
von Jean Paul Gaultier in der Hand.

Der Flakon ist blau und hat die Form eines
männlichen Körpers ohne Arme, Beine oder
Kopf, nur ein durchtrainierter Oberkörper
und ein praller Intimbereich.

Mum sagt: »Ich kaufe das für dich,
den Flamingo für Anna und das für Daisy«,
und nimmt eine pinkfarbene Parfümflasche in die Hand.

Ich lege das Plüschtier weg.

Als wir nach Hause kommen,
stelle ich die Parfümflasche
auf meinen Schreibtisch neben
mein Axe-Africa-Deo, die Vaseline
und die Kakaobutter.

Ich dusche,wasche den Rest
des Mittelmeers von mir.

Als ich in mein Zimmer zurückkomme,
sitzt der Plüschflamingo von Anna
auf meinem Kissen.

In meinem Traum in dieser Nacht sind
Kieran und ich zusammen im Fernsehen;
wir sind ein Paar Schwarze
Flamingos.

Die Kamera zoomt heraus
und wir sind einfach nur zwei
von vielen Schwarzen Flamingos,
die im Salzsee stehen.

SHOWGESCHÄFT

Am Wochenende bevor ich siebzehn werde,
gehen Daisy und ich ins Kino,
um *Moonlight* zu sehen.

Obwohl der Film in den USA spielt,
erkenne ich etwas von mir selbst wieder.
Ich merke, das, was ihnen im Film fehlt,
fehlt auch mir. Ich erkenne die Sehnsucht
nach einem Mann, einem Vater, einem Liebhaber.

Während der Abspann läuft, stehen Daisy
und ich auf und ziehen unsere Mäntel an.
Es ist dunkel, aber ich erkenne Kieran
zwei Reihen hinter uns.
Das Mädchen, um das Kieran seinen
Arm gelegt hat, kenne ich nicht. Ich glaube,
er sieht mich nicht. Ich stupse Daisy an.
»Guck mal, da ist Kieran.«.

Ich glaube, ich bin zu laut, da er sich zu uns dreht.
Daisy und ich verhaken unsere Arme und eilen davon,
so schnell wir können, ohne wirklich zu rennen.
Draußen kriegen wir einen Lachanfall.

Daisy meint: »Es ist cool, dass Kieran sich
diesen Film ansieht. Glaubst du, das war seine
Freundin? Es sah definitiv wie ein Date aus.«

Es ist mein siebzehnter Geburtstag
und obwohl morgen wieder Schule ist,
fährt Mum mit mir, Anna und Daisy
mit der U-Bahn über die Bakerloo-Line
bis Piccadilly Circus, um im Theater im West End
ein Musical anzusehen, welches *Kinky Boots* heißt.

Mum erzählt mir, dass es erst ein Streifen war.
Ich hab ihn nicht gesehen.
Ich habe noch nie so etwas gesehen.

Aus dem Theater kommend, frage ich Mum:
»Gab es im Film auch Lieder?«

»Ja, es gab auch Lieder«, sagt sie.

»Und war die Drag Queen Schwarz im Film?«

»Ja der Streifen war größtenteils genauso.«

»Mami!«, rufe ich. »Warum hast du
mir diesen Film nie gezeigt?«

»Ich weiß nicht, Michael,
hat dir die Show gefallen?«

»Ich hab es geliebt, Mami!« Ich umarme sie und möchte nie wieder loslassen.

Anna unterbricht uns: »Mami, warum sagst du *Streifen,* aber Michael sagt *Film?*«

Daisy lacht, legt ihre Arme um Anna, sagt: »Du bemerkst ganz schön viel für eine Neunjährige, oder?«

Anna antwortet: »Ich schätze schon.«

Ich greife mit meinem rechten Arm in deren Richtung und ziehe sie beide mit in die Umarmung hinein.

»Würdest du Drag machen?«, fragt Daisy, ihren Arm in meinen gehakt, als wir vor Mum und Anna die Shaftesbury Avenue Richtung Piccadilly Circus entlanglaufen.

»Zu Halloween? Du weißt doch, Halloween ist nicht mein Ding«, antworte ich.

»Nicht zu Halloween«, sagt Daisy. »Generell, zum Spaß.«

»Nein, ich denke nicht. Aber zuzuschauen heute Nacht, war das absolut Beste!«

Wir quetschen uns in ein U-Bahn-Abteil
der Bakerloo-Line. Ein Skelett und ein Vampir
geben ihre Sitzplätze für Anna und Mum frei.

Daisy und ich stehen umzingelt von einem
ganzen Kloster voller Zombie-Nonnen,
kichernd und schwankend vom Wein,
in Flaschen mit handgeschriebenen Etiketten:
»Jesus Saft«. Eine von ihnen bietet uns ihre
Flasche an und ich sehe zu Mum, die auf ihr
Handy schaut. Anna ist bereits eingeschlafen,
unter ihren anderen Arm geklemmt.

Ich nehme einen Schluck und biete es Daisy an,
die probiert, kichert und »Danke« sagt.

»Wo sind eure Kostüme?«, fragt die untote
Frau Christi und nimmt ihre Weinflasche zurück.

»Halloween ist nicht mein Ding«, sage ich.
Daisy ertönt: »Heute ist sein Geburtstag!«

»Was, wirklich?«, fragt die Weingeberin,
ohne auf eine Antwort zu warten.
Sie dreht sich zu ihren Freund*innen.
»Mädels, Mädels!
Hier haben wir einen Birthday Boy.«

Sie jubeln, die Weingeberin dreht sich wieder um und fragt: »Wie heißt du, Süßer?«

Daisy antwortet für mich: »Er heißt Michael.« Die Nonnen beginnen »Happy Birthday« zu singen und das ganze Abteil voll Feiernder und normal Gekleideter, die nach Hause fahren, stimmt mit ein; Mum und Anna, die jetzt wieder wach ist, miteingeschlossen.

»Also, wie alt bist du, Süßer?«, fragt unsere Nonne. »Ich bin siebzehn«, antworte ich.

»Und dein Girlfriend?«
»Sie ist nicht – «, fange ich an.

»Ich bin sechzehn«, unterbricht mich Daisy.
»Baker Street. Alle raus!«,
ruft eine andere Nonne.

»Gute Nacht, Kinder«, sagt meine Nonne.
Dann lehnt sie sich zu mir und flüstert:
»Ich glaube, sie mag dich.«

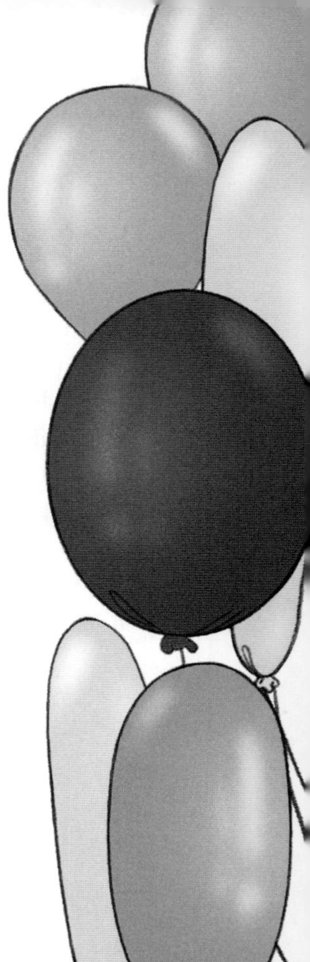

An Weihnachten sind es ich, Mum und Anna,
aber Mum hat eine Menge nur für uns drei gekocht.

Sie hat einen Nussbraten und einen Truthahn
mit Röstkartoffeln und Gemüse gemacht.
Es gibt vegane Füllung, normale Füllung,
Würstchen im Schlafrock, vegane Cocktail-Würstchen,
vegane Bratensoße und normale Bratensoße.

»Du hast zu viel gekocht, Mum«, sage ich.

»Das ist gut, dann kann Daisy davon etwas haben,
wenn sie morgen kommt.«

Ich habe Daisy nicht eingeladen, aber sie war
in den letzten vier Jahren immer am zweiten
Weihnachtsfeiertag bei uns. Mums Annahme
ergibt also Sinn. Ich habe das Gefühl, dass
da etwas zwischen Daisy und mir ist.

Ein Hindernis.

Ich glaube nicht, dass ich auf sie stehe.
Ich glaube nicht, dass sie auf mich steht,
aber da ist etwas.

Mitten beim Abendessen springt Mum
auf und rennt durch das Esszimmer.
Sie nimmt das Festnetztelefon, das wir
nie benutzen. Sie gibt eine Nummer
ein und reicht es mir. Ich stutze und
flüstere »Wer ist das?« zu Mum.
Ich höre seine Stimme: »*Naí?*«,
was »Ja« auf Griechisch heißt.

»Frohe Weihnachten, Grandpa.«
Ich lächle Mum an.

»*Kalá Christoúgenna,* Michalis!«,
antwortet er.

Grandpa fragt mich:
»Lernst du viel für die Schule?«

»Ja, Grandpa« sage ich.

Dann fragt er:
»Wie geht es deiner festen Freundin, Daisy?«

»Sie ist nicht meine feste Freundin, Grandpa.«
Ich lache.

Nach dem Abendessen ruft Anna Trevor an.

Ich rufe Onkel B. an,
der nur zehn Minuten
die Straße runter bei
Grandma B. und
der Brown-Familie ist.

Er holt die ganze Familie ans Telefon,
um »Frohe Weihnachten!« zu rufen.

Ich höre Grandma B., die das
Telefon nimmt: »Mikey, Schatz,
dein Onkel sagt, nächstes Jahr
zahlt er für uns alle, um über
Weihnachten nach Jamaika
zu fliegen.
Du musst mit uns kommen.«

Leute wie Ich

Ich würde gerne nach Jamaika fahren
mit Grandma, Onkel und Tante B.,
dem Rest der Familie,

doch ich habe es recherchiert
und man kann dort verhaftet werden,
für schwulen Sex.

Hier bin ich alt genug,
warum reisen meine Rechte
denn nicht mit mir mit.

Es ist nicht fair
für Leute wie mich in Jamaika,
sich so verstecken zu müssen,
in Angst zu leben.

Konversation mit mir Selbst

Ich bin jetzt achtzehn. Erwachsen. Denke,
ich sollte jetzt wissen, was ich will.
Zum Beispiel: Möchte ich wirklich studieren?
Ich wäge die Optionen ab.

Vielleicht könnte ich einen Job bekommen?
Aber was für einen?
Ich könnte ein Gap Year nehmen? *Mit welchem Geld?*
Ich könnte Onkel B. nach Geld fragen?
Nein, es ist Zeit, dein eigener Mann zu sein.

Ich könnte zur Schule für Darstellende Künste gehen?
Du bist nicht talentiert genug.
Ich könnte eine Berufsausbildung machen?
Als ob du irgendetwas Praktisches machen könntest.

Vielleicht könnte ich ein Buch veröffentlichen?
Wer würde das lesen wollen?
Ich schätze, die Universität ist sinnvoll.
Ja, die Universität ist sinnvoll.

Gründe, an die Universität zu gehen

In eine andere Stadt ziehen –
Brighton, die queere Hauptstadt
von Großbritannien – und schwule Typen
in meinem Alter treffen.
Neue Freund*innenschaften schließen.
Eine Chance, eine neue Version von mir zu sein,
nichts vor niemandem verstecken zu müssen
– was ich mache
und mit wem ich es mache.
Auf dem Campus leben
und ein eigenes Bad haben.
Afrikanisch-karibische Studierendengruppe.
LGBTQIA+-Studierendengruppe.
Open-Mic-Nächte. Ein Grund zum Schreiben.

Ich bin mit Rowan in einer Gruppe für meine
Abitur-Theateraufführung. Unser Lehrer schlägt vor,
dass wir *Beautiful Thing* vorspielen.

Es nervt, dass Faith und Destiny auch in
unserer Gruppe sind. Ich hatte bisher genug
Glück, durch die Schule zu kommen,
ohne die gleichen Kurse wie sie zu haben.
*Aber sie mussten ja unbedingt den Theaterkurs fürs
Abitur wählen, richtig?*

Sie haben aufgehört, gemein zu mir zu sein,
als sie Grace letztes Jahr ausgeschlossen haben,
aber sie haben sich nie entschuldigt.
Ich kann nicht sagen, dass ich ihnen vergeben habe,
aber ich will eine gute Note in der Prüfung,
also entscheide ich, die Führung zu übernehmen.

Ich sage: »Ihr werdet das großartig machen.
Ich habe den Film schon so viele Male gesehen.
Ich weiß genau, wer wen spielen sollte.
Faith, du bist Sandra, die Mum.
Destiny, du solltest Leah spielen, sie ist eine Sängerin,
Ben, du wirst Tony sein, er ist Sandras Lebenspartner.«
Ben zwinkert Faith zu und Destiny lacht.

Ich weiß, Rowan würde besser auf Tonys Rolle
passen, aber Ben ist total in Faith verliebt
und ich bin noch immer etwas in Rowan verliebt.
»Rowan, du wirst Ste und ich spiele Jamie.«

Das bedeutet zwei Dinge.
Erstens: Ich darf Rowan eine Massage geben.
Zweitens: Ich darf Rowan küssen.

Ich erzähle Daisy in der Mittagspause:
»Mein Tag ist gekommen – ich werde
Rowan im Theaterstück küssen.«

Sie rollt ihre Augen. »Es ist nur schauspielern.
Er hat immer noch eine Freundin, weißt du?«

Ich finde es nicht gut, dass sie so etwas sagt,
wenn ich mich so sehr auf einen Kuss freue.

In der Probe spielen wir die Massage vor,
aber stimmen zu, den Kuss für die
echte Aufführung aufzuheben.

Ich denke wochenlang an nichts anderes.
In gewisser Weise ist es mehr Druck,
dass sich vor dem Tag diese große Erwartung aufbaut.

Nach einer Probe kommen Faith und Destiny zu mir rüber. »Michael, können wir mal bitte mit dir sprechen?«, sagt Faith. Destiny sieht ernst aus.

Ben und Rowan verlassen den Raum.
Rowan dreht sich um und wartet an der Tür.
Faith bemerkt, wie ich Rowan an ihr vorbei anlächle und sagt streng: »Allein.«

»Sorryyy!«, sagt Rowan.

»Worum geht's?«, sage ich. Genervt, dass ich nicht mit Rowan gehen kann, und bereit für eine Auseinandersetzung über die Rollenbesetzung, die ich verteilt habe.

»Destiny und ich wollten uns entschuldigen, dass wir so gemein zu dir in der achten Klasse waren.«

»Und in der neunten und zehnten«, sage ich mit einem Lächeln. *Ich kann nicht glauben, dass sie sich entschuldigen. Stelle ich mir das nur vor?*

Destiny spricht: »Tut uns leid. Das alles.«

»Was genau tut euch denn leid?«

»Die Kommentare«, sagt Destiny.
»Die üblen Blicke« Sie gerät ins Stocken.
»Die Notizen in deiner Tasche«
Sie fängt an zu weinen.

Faith legt einen Arm um sie.

»Mir geht's gut«, sagt Destiny,
und legt ihre Haare zurecht.

Falls das gespielt ist, wünsche ich,
sie wäre auch in unseren Proben so gut.

»Jemand in meiner Familie hat sich vor Kurzem
vor mir geoutet und ich habe realisiert …«,
führt sie weiter aus, sieht zu Faith, bevor sie
ihren Satz beendet: »Wir haben realisiert …«

»Dass wir total die Arschlöcher zu dir waren«, sagt Faith,
»und wir fühlen uns total schlecht und unwohl,
die Aufführung mit dir zu machen, ohne zu wissen,
ob du uns hasst? Kannst du uns verzeihen?«

»Wenn wir eine Eins für die Aufführung kriegen,
verzeihe ich euch.« Ich zwinkere.

Nach unserer Kostümprobe sagt Rowan:
»Es war besonders, das Stück mit dir zu machen.
Die anderen drei sind toll, aber weißt du,
unsere Szenen zusammen sind so intim, es ist fast,
als wäre ich wirklich dabei, mich in dich zu verlieben.«

Ich hätte diese Aussage auf so viele Arten
herunterbrechen können. Davon mitnehmen,
was ich will. Ich hätte mich an »als wäre ich
wirklich dabei, mich in dich zu verlieben«
oder »mich in dich zu verlieben« festklammern
können. Aber »fast« macht es alles unecht.

Am folgenden Tag, als wir die Aufführung haben
und uns endlich küssen, denke ich daran,
was Daisy gesagt hat – »Es ist nur schauspielern« –
und ich erinnere mich nicht mal an die Berührung
seiner Lippen auf meinen.

Nach der Aufführung bemerke ich,
dass Kieran im Publikum sitzt.
Ist er gekommen, um mich zu sehen?

Nein. Er geht rüber, um Faith und Destiny
zu umarmen. Denen ich schon längst verziehen
habe, ganz unabhängig von unserer Note.

Daisy kommt zu mir. »Gut gemacht.
Du warst großartig!«, sagt sie laut und
flüstert dann: »Und, wie hat es sich
angefühlt, Rowan zu küssen?«

»Es ist merkwürdig, aber ich habe nicht
viel dabei gefühlt«, sage ich und schaue
rüber zu Kieran, der – sein Arm über
Destinys Schulter gelegt – lacht.

»Daisy, gehst du mit mir mal in einen
queeren Club?«

»Na klar. Ich dachte schon, du fragst nie.«
Sie lacht und legt ihren Arm um meine Hüfte.
»Sobald die Prüfungen vorbei sind, natürlich.«

Ich rufe Grandma B. an,
um ihr meine Abiturergebnisse mitzuteilen.

Sie schreit: »Gut gemacht, mein Schatz!
Das musst du deinem Vater sagen. Ich werde ihn holen.«

Sie ruft seinen Namen dreimal.

Eine Pause und dann leise: »Was gibt es?«
»Es ist Mikey am Telefon.«

Eine Pause und dann noch leiser:
»Sag ihm, ich bin beschäftigt.«

ROWAN: Wie hast du abgeschnitten?

MICHAEL: Ich hab eine Eins im Theaterkurs.

ROWAN: Das ist toll! Alle in unserer Gruppe haben eine Eins bekommen. Wir sollten feiern.

MICHAEL: Klingt gut. 👍
Schreibst du in den Gruppen-Chat?

Rowan ändert den Namen des Gruppen-Chats
von »Beautiful Thing« zu »Das A-Team«
und ändert das Bild vom *Beautiful Thing*-Filmposter
zum Bild eines Schwarzen Mannes,
der eine Menge Goldschmuck und
seine Haare in einem Mohawk trägt.

FAITH: Wer ist der Mann?

ROWAN: Mr. T

FAITH: ???

ROWAN: Vom A-Team

DESTINY: Ich dachte wir wären das A-Team

MICHAEL: Ja,
weil wir alle eine Eins in Theater bekommen haben?

FAITH: Ich bin so verwirrt.

BEN: Ich hab gerade A-Team auf YouTube gesucht. 👍

ROWAN: 👍

DESTINY: 👀

ROWAN: Feiern bei Nandos diesen Sonntag?

DESTINY: Ich bin vegan.

BEN: Seit wann?

DESTINY: Seit zwei Wochen. Ich möchte als bessere Person an die Uni gehen.

BEN: Du solltest als Mr. T an die Uni gehen.

ROWAN: 😂

DESTINY: Wie wär's mit dem Rummel in der Stadt?

MICHAEL: Ja!!

ROWAN: Klingt gut, finde ich. Nur, wenn wir Churros bekommen.

FAITH: 😋

ROWAN: 18 Uhr?

DESTINY: 👍

MICHAEL: 👍

ROWAN: Ben?

BEN: Cool.

MICHAEL: Ich bringe Daisy mit.
Sie ist dieses Wochenende bei mir.

BEN: ›Der Trottel tut mir leid‹ – Mr. T 😂

ROWAN: 🤣

FAITH: 😂

Sonntagabend,
vor dem Spiegelkabinett
hält Ben Faith an der Taille,
während sie sich küssen.

Destiny zeigt Rowan etwas
auf ihrem Handy.

»Was ist das?«, frage ich Destiny.
»Das Video, das mich und meinen Bruder
zu Veganer*innen gemacht hat«, sagt sie
und tut so, als müsste sie sich übergeben.

»Wo ist Daisy?«, fragt Rowan.
Ich zucke mit den Schultern.
»Ich weiß nicht. Wir sprechen nicht mehr.«

Rowan kommt näher und legt seinen Arm
um mich. »Tut mir leid zu hören, Mann.
Was ist passiert?«

Ich nehme Rowan an der Hand. »Lass uns ein
paar der Achterbahnen fahren. Und hier rein.«

Ich ziehe ihn in das
Spiegelkabinett.

»Möchtest du nicht über Daisy sprechen?«, fragt er.
»Näh, möchte ich wirklich nicht«, sage ich vor einem Spiegel,
der meine Beine richtig lang aussehen lässt,
aber meinen Oberkörper winzig.

»Okay. Dann erzähl mir was anderes«, sagt Rowan.
Sein Spiegel lässt seinen Kopf riesig aussehen.
»Findest du mich immer noch gut?« Er kommt
mit vor meinen Spiegel, der unser Spiegel wird.

Wenn ich mich zu ihm drehen würde,
würde er mich dann küssen?

»Ich stehe mehr auf den Typen«, lache ich, zwicke ihn
in die Rippen und zeige auf seine Reflexion. Ich kann
seinen Gesichtsausdruck in dem Spiegelwirrwarr nicht
erkennen.

DIE VORHERIGE NACHT

Samstagnacht, Daisy und ich gehen
zum ersten Mal in einen Club: In das *G-A-Y.*

Ich bin seit neun Monaten achtzehn,
aber ich wollte nicht ohne meine beste Freundin gehen. Daisy ist
erst letzte Woche achtzehn geworden.

Daisy trägt das rote Kleid,
das sie bei der Schuldisco in der neunten Klasse
nicht tragen konnte.

Wir warten in der Schlange und sie sagt:
»Du musst mich beschützen, falls irgendwelche
der Mädchen mich anmachen wollen.
Sag denen, wir sind zusammen.«

»Daisy, wir sind doch nur hier, damit ich
einen Typen kennenlernen kann.
Wie soll das passieren, wenn wir so tun,
als wären wir ein Paar?«

»Ich will nur nicht, dass jemand denkt,
ich wäre lesbisch«, antwortet sie.

»Was wäre daran denn schlimm?«, frage ich.

»Die Idee fühlt sich eklig an,
dass zwei Frauen miteinander schlafen.
Zwei Männer stört mich nicht,
aber zwei Frauen. Ich versteh's nicht.«

»Was daran fühlt sich eklig an?«,
frage ich zähneknirschend.

»Ich will nicht darüber reden.
Beschützt du mich einfach vor
allen Lesben, die es probieren?«

»*Sie* brauchen Schutz vor *dir.*
Du bist homofeindlich, Daisy.«

»Michael, du kannst mich nicht zwingen,
mich mit all dem wohlzufühlen.
Ich bin nicht homofeindlich, ich bin deine beste Freundin.
Nichts hat sich verändert zwischen uns,
als du dich in **B24** vor mir geoutet hast.«
»Na ja, die Schule ist vorbei und **B24**
bedeutet jetzt nichts mehr.
Ich brauche keine ignorante *beste Freundin.*
Warum gehst du nicht einfach nach Hause.«

»Mein Zeug ist noch bei dir. Ich sollte
übernachten. Schon vergessen?«

»Gut, lass uns zurück zu mir gehen.«

Als wir bei mir zu Hause ankommen, schaut Mum
Game of Thrones. »Ihr seid ja früh zurück.«

Ich sage den Satz, den ich in meinem
Kopf geübt habe, während wir
schweigend zurückgefahren sind.

»Daisy fühlt sich nicht gut, sie holt ihre Sachen
und ruft ihren Dad an, damit er sie abholen kommt.«

Ich sehe an der Art, wie Mum mich anschaut
und Daisy mit geschlossenem Mund anlächelt,
dass sie weiß, dass etwas nicht stimmt. Doch sie
sagt einfach: »Okay. Ich hoffe du fühlst dich bald besser,
Daisy«, und schaltet ihre Serie wieder ein.

Sie hält sich aus unserem realen Drama
raus und geht zurück in eine Welt der Fantasie.

Spiegelkabinett

Deine besten Freund*innen sind Spiegel.
Andere Freund*innen fragen nach dir,
obwohl du dort direkt stehst.
»Wo bist du?«, fragen sie.
»Warum bist du ohne dein anderes
Ich hier?« Ihr zwei seid die Zutaten,
um etwas Brandneues entstehen zu lassen.
Du kannst einen Kuchen nicht entbacken.
Nur aufschneiden. Ein Messer ist ein
Spiegel. Beste Freund*innen können Messer sein.

Beste Freund*innen können Messer sein.
Nur aufschneiden. Ein Messer ist ein
Spiegel. Du kannst einen Kuchen nicht entbacken,
um etwas Brandneues entstehen zu lassen.
Ihr zwei seid die Zutaten.
»Warum bist du ohne dein anderes
Ich hier?« »Wo bist du?«, fragen sie,
obwohl du direkt dort stehst.
Andere Freund*innen fragen nach dir.
Deine besten Freund*innen sind Spiegel.

UNIVERSITÄT

Onkel B. fährt mich
und meine Sachen zur Universität.
Er sagt mir, wie stolz er ist,
fragt, worauf ich mich freue
und was mich nervös macht.
Ich sag ihm nicht, dass ich mich sowohl
freue als auch nervös bin,
Männer kennenzulernen,
Sex zu haben, vielleicht eine Beziehung.
Ich sage ihm, ich freue mich,
meine Freiheit zu haben.

Wir sind fünf Minuten von
unserem Ziel entfernt,
laut seines Navis,
und wir hören Sirenen
und sehen Blaulicht.
Die Polizei ist hinter uns.
Mein Onkel fährt an die Straßenseite.
Erst denke ich, er will sie vorbeiziehen lassen,
doch ich merke schnell,
dass sie uns rausziehen.

Sie fragen meinen Onkel,
ob das sein Auto ist und
nach seinem Führerschein,
wohin wir fahren.
Sie sagen ihm, dass es ein sehr schönes Auto ist,
fragen ihn, was er beruflich macht.

Mein normalerweise höflicher Onkel
redet harsch mit der Polizei,
fragt sie, warum sie ihn
anhalten.
Ist er gerast?
Gibt es ein Problem
mit einem der Lichter?
Passt er auf die Beschreibung
eines Tatverdächtigen, den sie suchen?

Die Polizisten
sagen, dass wir weiterfahren können,
und wünschen einen schönen Tag.
Sie gehen zurück zu ihrem Auto
und fahren davon.
»Geht es dir gut?«, frage ich.

Onkel B. fängt an zu erzählen:
»Es gibt immer etwas.
Egal, wie hart du arbeitest.
Egal, wie gut du dich machst.
Wie erfolgreich oder respektiert du bist.
Es gibt immer etwas,
das einen daran erinnert
dich hier nicht wohl in deiner Haut zu fühlen.

Ich dachte immer, Bildung
und Geld würden mir
Respekt verschaffen,
aber ein erfolgreicher Schwarzer Mann
ist eine Bedrohung. Ziehen mich raus,
weil ich ein schönes Auto fahre.
Das ist nicht, was ich
für deinen Umzugstag wollte,
aber so ist es, ein Schwarzer Mann in
diesem Land oder überall auf der Welt
zu sein.
Sie unterbrechen unsere Freude.
Unsere Geschichte, unseren Fortschritt.
Sie wissen, sie können uns nicht
aufhalten, es sei denn, sie töten uns.
Aber sie können uns nicht alle töten,
also lebst du dein Leben und wirst
plötzlich unterbrochen,
von *weißer* Furcht und *weißem* Misstrauen.
Sie fürchten sich davor, auch nur
irgendetwas teilen zu müssen.
Unser Erfolg ist eine Bedrohung.«

Ich habe meinen Onkel
noch nie so reden hören, über sie
und über *uns.* Ich habe noch nie auf diese Weise
darüber nachgedacht.

Bis heute.

Hier auf dem Campus gibt es alles,
alles, was ich brauchen könnte,
alle meine Kurse, die Bibliothek,
Läden, Cafés, vier Bars
und mein Zimmer, das nicht billig ist:
Ich habe mich für ein Einzelzimmer
im neuesten Wohnheim entschieden.
Ich dachte, wenn ich sowieso einen Kredit aufnehme,
wieso nicht voll ausnutzen?

Sobald alle in der Wohngruppe richtig eingezogen sind,
sehe ich meine Mitbewohner*innen nicht mehr oft.
Da wir alle eigene Badezimmer haben und niemand
Essen in der Küche hat, außer mir.

Außer mir sind es vier.
Kerry, Kevin, Luke und Sam,
die sich als Samantha vorstellt und dann sagt:
»Aber ihr könnt mich Sam nennen.«

Ich stelle mich als Mike vor.
Mike fühlt sich richtig an in diesem neuen Kapitel.
Michael ist, wie mich Mum nennt.
Mikey ist für Grandma und Onkel B.
Mike ist der Mann, der ich an der Uni bin.

Das wird meine erste
Mahlzeit ohne Mums Beaufsichtigung.
Mein Mitbewohner Kevin schwirrt
in der Küche herum.
Ich mache Ackee mit Salzfisch,
Reis mit Erbsen
und gebackene Kochbananen.
Es gibt genug Platz für Kevin
falls er auch kochen möchte.
Nicht, dass er Essen dahätte.
Ich benutze nur zwei Herdplatten
und ein Blech im Backofen.
»Riecht gut, Mike.«

»Es ist Ackee mit Salzfisch«,
sage ich und biete ihm einen Holzlöffel zum Kosten an.
Er nimmt einen kleinen Bissen.
»Was ist Ackee?«
»Es ist eine Frucht«, erkläre ich ihm.
»Man kriegt sie in Dosen.«
Ich fische die leere Dose aus dem Mülleimer.
Gebe sie ihm in die Hand und
nehme den Löffel zurück.
»Wie faszinierend«, sagt er, während
er es wie ein Alien-Artefakt inspiziert.

Ich bleibe nicht lange auf der Orientierungs-Messe
auf dem Bibliotheksplatz. Es gibt Sportmannschaften,
die in ihrer vollen Montur versuchen, Leute zu rekrutieren.
Die Fußball-, Rugby- und Basketball-Teams sehen alle
beängstigend für mich aus.

Es gibt andere Gruppen von Menschen an Tischen mit
Bannern und Flaggen, die ihre Flyer verteilen. Ich sehe
eine Regenbogenflagge, aber ich habe auf der Website
des Studierendenrats schon geschaut, wann sich die
LGBTQIA+-Studierendengruppe trifft, also gehe ich
nicht rüber.
Ich habe schon eine Erinnerung in meinem Handy dafür,
genau wie für das Treffen der afrikanisch-karibischen
Studierendengruppe und die Open-Mic-Nacht.

Stattdessen gehe ich zu einem weniger einschüchternden
Tische voller Poster. Da ist eins mit einer schwarzen
Katze und französischer Schrift, ein anderes mit Uhren,
die aussehen, als ob sie schmelzen, es gibt eins mit einer
großen blauen und weißen Welle, es gibt ein *Pulp Fiction*-
Film-Standbild von Samuel L. Jackson und John Travolta,
die ihre Pistolen gezogen haben. Es gibt den bekannten
Trainspotting *Choose Life*-Monolog. Ich entscheide, eins
von Audrey Hepburn in *Breakfast at Tiffany's* zu kaufen.
Ich habe den Film nicht gesehen, aber ich liebe ihre langen
schwarzen Handschuhe und ihr langes schwarzes Kleid.

Ich hänge Audreys Bild an meiner neuen Schlafzimmer-Wand auf, neben Beyoncé und Bob Marley von zu Hause. Abgesehen von diesen drei Postern, gibt es nicht viel über die Person, die hier lebt – eine Reihe von Schuhen: schmutzige weiße Converse, strahlend weiße Adidas, schwarze Nikes.

Meine Kleidung in den Schubladen sind marineblaue und hellblaue Jeans, ein grauer Jogginganzug, schwarze und weiße T-Shirts, Calvin-Klein-Boxershorts, die Mum bei TK Maxx gekauft hat, und Socken, die Mum auch gekauft hat, bei Primark.

Meine Bücher: die Lektüre für das erste Semester meines Englischstudiums, einige Lieblingsbücher aus der Schule, *The Complete Works of William Shakespeare* und einige Gedichtbände, die mir Mum gekauft hat: Maya Angelou, Gil Scott-Heron und Benjamin Zephaniah.

Orientierungswoche bedeutet eigentlich zwei volle Wochen
von: »Wie heißt du?«,
»Was studierst du?«,
»Wo kommst du her?«.

Wenn man in diesen drei Fragen keine
Gemeinsamkeiten findet,
ziehen die Leute weiter.

Die großen drei:
Ich bin Mike, ich studiere Englisch,
ich komme aus London.

Manche fangen an, ohne Aufforderung
über ihr Gap Year zu sprechen.
Wie sie nach Asien oder Afrika gereist sind.
Backpacking oder im Freiwilligendienst.

Ich komme direkt aus der Schule
und ich war nirgendwo außer auf Zypern,
um Mums Familie zu besuchen.

Ich gehe zur afrikanisch-karibischen Studierendengruppe.
Die meisten sind aus London wie ich,
aber einige sind internationale Studierende
aus afrikanischen und karibischen Ländern,
einige Afro-Amerikaner*innen und -Kanadier*innen,
aber die London-Gruppe ist die größte.

Die Leute reden darüber, ob sie aus Süd-
oder Ost-London kommen,
als ob das hier eine Rolle spielen würde.
»Ein Raum voller Schwarzer Studis versammelt sich
und unsere einzige Gemeinsamkeit ist,
dass wir Schwarz sind«,
sage ich zu Nana, einem britisch-ghanaischen Mädchen
aus dem Süden Londons, die ich erst vor zehn Minuten
kennengelernt habe.

»Aber du bist nicht Schwarz, du bist *mixed«*,
sagt Nana. »Nichts für ungut, Mike, aber
du hast gesagt, du bist Jamaikaner und Grieche.«
»Zyperngrieche«, korrigiere ich sie ruhig.
»Was ich meine ist:
Ich habe gehört, es gibt auch eine
griechische Studierendengruppe hier.
Da könntest du auch hingehen.«

Die hellenische Studierendengruppe ist zuständig
für griechische und zyperngriechische Studierende.
Ich bleibe einen Moment an der offenen Tür stehen,
und schaue mich ängstlich im Raum um.
Ein Mann nähert sich mir, begrüßt mich auf
Griechisch: *»Geia sou. Xereis na milas ellinika?«*

»Hallo. Nein, ich spreche kein Griechisch.«
Die Antwort auf die Frage, die die ich zwar verstehe,
bei der ich aber nicht sicher genug bin, um sie in der
Sprache meiner Mutter zu beantworten.

Außerhalb der Familie meiner Mutter
habe ich mich nie zypriotisch genug gefühlt.
Ich erinnere mich an meine Zeit auf Zypern
und wie ich mich sogar wie ein Außenseiter
in meiner eigenen Familie fühlte.

»Ich bin Christos, freut mich, dich kennenzulernen«,
sagt er und streckt eine offene Hand aus.
Er trägt ein schlichtes weißes T-Shirt und
hellblaue Jeans.

»Ich bin Mike oder Michalis«, antworte ich,
verlegen wegen meiner mangelnden Sprachkenntnisse,
und weil er so gut aussieht.

Seine Haare sind fast schwarz und so ist auch
sein dicker Bart. Seine Augenbrauen treffen
sich fast in der Mitte. Seine Augen sind so dunkel,
dass ich mich in ihnen erkennen kann.
Sein fester Griff und Augenkontakt bleiben bestehen.
»Michalis«, sagt er mit einem Zwinkern.
»Ein guter griechischer Name.«

Jemand ruft ihn:
»Éla, Christo.«
Er entschuldigt sich höflich und
lässt mich wieder alleine stehen.
Ich schleiche mich unbemerkt davon.

Ich möchte ein pinkfarbener Flamingo sein

In Pink. Definitiv Pink.
Ich möchte, dass meine Federn zu dem
Farbton, den du dir vorstellst, passen.
Möchte in der Masse verschmelzen.
Nichts als Flamingo sein.

David Attenborough würde sagen:
»Hier sehen wir den höchst gewöhnlichen Flamingo.«

Obwohl ich nicht der gewöhnlichste sein möchte,
nur typisch. Wie das typische Muster von
Geschenkpapier. Ich möchte nicht herausstechen.
Nichts ist anders an meinen Bauteilen.
Mein Schnabel nur ein Schnabel,
mein Kopf nur ein Kopf.
Mein Hals, mein Körper, meine Flügel.
Einfach nur dem Zweck entsprechend.
Stehe auf einem Bein,
wie die anderen.
In Pink, definitiv Pink.

Ich gehe zur LGBTQIA+-Gruppe.
Wir sitzen im Kreis und gehen nacheinander
unsere Namen und Pronomen durch:
er/ihm, sie/ihr, dey/demm.

Wie möchtest du, dass andere Leute
dich ansprechen?

Ein trans Mann namens Seth,
mit den Pronomen er/ihm
sagt, er möchte, dass seine trans Identität
in Bezug auf seinen Körper
nicht hinterfragt wird.
»Ich wünschte, Menschen würden verstehen,
dass manche Männer eine Vulva haben.«

Ich bin an der Reihe. »Ich bin Mike, er/ihm.«

Manche Männer haben Vulven

Er sagt, er sei ein schwuler Mann
mit einer Vulva, und ich, penislastig
und leichtfüßig, frage mich,
ob schwul für ihn das Gleiche bedeutet
wie für mich, frage mich,
ob Man(n) im Kopf oder im Körper ist.
Denn ich trage meinen Mann,
ziehe mich nackt aus, als Mann,
da im Spiegel bin ich ein Mann.
Für mich war *Mann* immer
nur eine Sache der Umstände,
keine Reise oder Entdeckung.
Ich musste selten dafür kämpfen,
selten dagegen ankämpfen,
wollte nie meine Haut abstreifen, um
mein wahres Ich zu enthüllen.
Habe es nie hinterfragt, bis
er sagte: »Manche Männer haben Vulven.«
Ich habe verstanden, dass es wahr ist,
doch es gab mir das Gefühl, nichts weiter

als ein Trottel zu sein, der nichts darüber
weiß, was es heißt, ein Mann zu sein,
jenseits seines eigenen Körpers.

Ich fühle mich wie Goldlöckchen:
versuche Menschen
zu treffen, die perfekt zu mir passen.
Eine Gruppe, die sich richtig anfühlt.
Ich fühle mich nicht Schwarz genug
für die afrikanisch-karibische Gruppe,
nicht griechisch genug
für die hellenische Gruppe,
nicht queer genug
für die LGBTQIA+-Gruppe.
Aber ich muss eine Gruppe finden,
die für mich einfach passt.

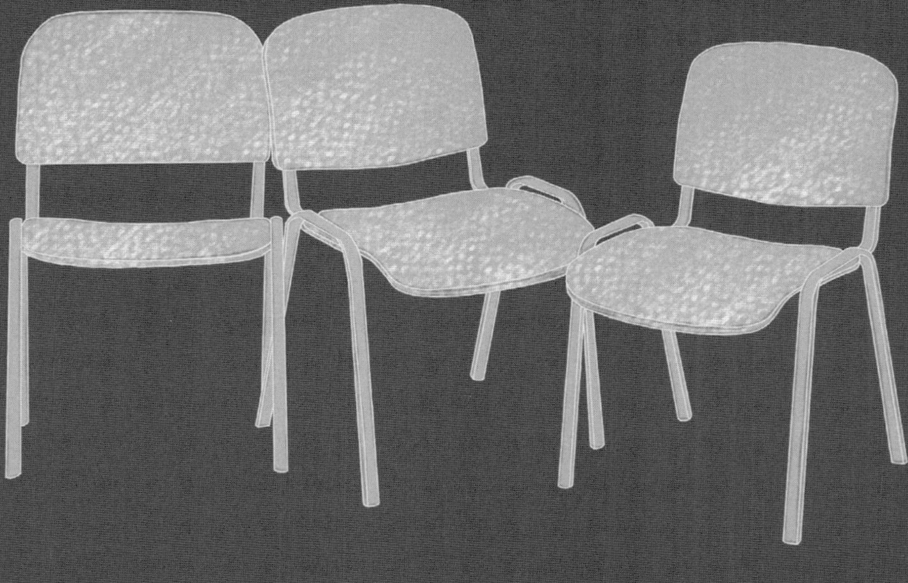

Ich weiß, ich muss da hin,
als ich ein Plakat
auf dem schwarzen Brett
im Studierendenreferat sehe.

DRAG GRUPPE
in Großbuchstaben,
mit einem Datum und einer Uhrzeit
und einer Raumnummer.

Warum ist mir dieses Plakat
nicht vorher aufgefallen?

Da ist ein Foto einer Gruppe
von Leuten mit verschiedenen Körperformen,
Hautfarben und Geschlechtsausdrücken
in Kostüm und Make-up.

Ich entscheide mich.

Das mache ich,

was auch immer das ist,

was auch immer das bedeutet.

DRAG

Ich habe *Kinky Boots* gesehen
und *RuPaul's Drag Race.*
Im Abiturkurs Theater
haben wir gelernt, dass DRAG
für *Dressed Resembling A Girl* steht.
Einem Mädchen ähnelnd gekleidet.
Wie im Theater in
Original-Inszenierungen
von Shakespeares Stücken.
Frauen wurde es nicht
erlaubt aufzutreten.
Junge Männer hatten die
weiblichen Rollen gespielt.

Niemand ist im Drag-Outfit, aber eine bevorstehende
Show ist der Grund, warum wir alle hier sind.
Die Drag-Gruppe, fühlt sich anders an als alle anderen
Studierendengruppen, bei denen ich bisher war.
Wenn man nicht wüsste, warum wir hier sind,
könnte man nicht sagen, was uns zusammengebracht hat.
Nicht eine Person sieht einer anderen ähnlich.
Wir sind nicht nur hier, weil wir queer sind,
wir sind hier, weil wir zusammen eine Show machen wollen.
Aber zuerst müssen wir einander kennenlernen.

»Hier in der Drag-Gruppe«,
fängt eine Person an zu sprechen, »benutzen
wir unsere Drag-Namen und -Pronomen von
unseren Drag-Personas. Ich bin Mzz Behaviour,
Em-Zett-Zett geschrieben. Ihr könnt mich Mzz B. nennen
und meine Pronomen sind *dey* und *demm.*«

Ich gewöhne mich noch an Neopronomen,
aber dey/demm macht Sinn für Mzz B.

Dey ist sowohl schön als auch hübsch.
Dey hat leichte Bartstoppeln,
die unter dem schwachen Make-up sichtbar werden,
kastanienfarbene Foundation, lila Lidschatten
und pinkfarbener Lippenstift passen zu deren Outfit.

Das Outfit erinnert mich an den Chanel-Anzug,
den Marge Simpson kauft und wo sie dann
ein extrem schlechtes Gewissen hat.
Dey hat keine blauen Haare oder so hochgesteckte
wie Marge Simpson, aber einen perfekten runden Afro.
Mzz B. ist schon jetzt eine Ikone für mich.
Mzz B. ertappt mich mehrmals dabei, wie ich
demm anstarre, während alle ihre Drag-
Persona vorstellen. Alle nacheinander im
Kreis, mit Namen und Pronomen.

Ich bin nicht verwirrt, ich bin einfach eine
übermäßig neugierige Person. Und wenn sie
ihre Namen und Pronomen für ihre Drag-
Personas nennen, möchte ich fragen:
Wie ist dein echter Name? Welches ist dein echtes Geschlecht?

Aber was wäre meine Absicht,
diese Fragen zu stellen?

Und welcher Name kann nicht geändert werden?

Ich habe meinen Nachnamen mit sieben ändern lassen.
Jetzt, neunzehn Jahre alt, werde ich gebeten, eine neue
Identität für einen anderen Zweck zu kreieren:
einen Bühnennamen.

So, wie Onika Tanya Maraj
zu Nicki Minaj
wurde

und Stefani Joanne Angelina Germanotta
zu Lady Gaga.

Aber Madonna, Beyoncé und RuPaul
haben keine neuen Namen gebraucht.
Sie haben einfach ihre Nachnamen gestrichen,
haben sie im Backstage-Bereich gelassen
mit ihren Familien und ihren Freund*innen.

Ich bin dran. Ich weiß nicht, was ich sagen soll.

Ich kann nicht erklären,
was mich heute hierhergebracht hat,
außer dem Plakat. Ich weiß nicht,
ob die Leute auf dem Plakat dieselben Leute wie
hier in diesem Raum sind. Niemand ist im Outfit.

Ich möchte keine Vermutungen anstellen,
bin zu schüchtern zu fragen,
aber als ich das Plakat sah, wusste ich einfach,
dass die Drag-Gruppe etwas ist, das ich machen muss.

Ich wusste nicht, dass ich mich für eine Persona
entscheiden muss, sobald ich durch die Tür trete.

Nur ein Name fällt mir ein. Es ist, wie ich schon gesagt hatte.
»Ich bin Der Schwarze Flamingo
und meine Pronomen sind er/ihm«, sage ich.
Ich bin mir dessen sicher, das erste Mal überhaupt.

Die anderen schauen sich gegenseitig an und dann mich.

Dann fragt Mzz B.: »Also bist du ein Drag King oder eine
Drag Queen oder …«

»Weder noch«, sage ich. »Ich bin nur ein Mann und ich
möchte auf der Bühne ein Kleid und Make-up tragen.
Ich möchte wissen, wie es sich anfühlt, öffentlich
eine Seite von mir auszudrücken, die ich bisher nur
privat gefühlt habe, wenn ich als Junge mit meiner
Barbie gespielt habe.
Nur zu Hause habe ich damit gespielt; ich wusste,
dass meine Mutter mich mehr liebt als alles andere,
und bei ihr konnte ich ich selbst sein.
Ich habe nicht gewusst, dass Jungs Ballett tanzen könnten,
schon gar nicht ein Schwarzer Junge und schon gar nicht ich.
Ich war schon misstrauisch, dass die Leute
nett zu mir waren, obwohl ich anders war.
Ich wollte mein Anderssein nie zu weit ausreizen.«

Ich erzähle weiter:
»Bevor ich hierherkam,
wollte ich kein Kleid tragen,
ich wollte nicht dieses Klischee sein.

Ich weiß, dass es falsch ist,
mein Denken war falsch,
die, die anders sind,
sind oft die stärksten.

Ich weiß, dass trans
und gendernonkonforme Menschen
unsere Bewegung gegründet haben,
unsere Freiheiten gewonnen haben.

Ich bin ein Mann
und ich will ein freier Mann sein.

Ich bin ein Mann
und ich will ein Kleid anziehen.«

Mzz B. sagt:
»Toller Monolog!
Behalte ihn.
Du kannst ihn bei deinem Auftritt verwenden.«

Ich fühle mich sicher in diesem Raum
mit meiner neuen Drag-Familie.
Trage den Raum mit mir
für den Rest der Woche.
Der Raum hat viele andere
Funktionen für andere Menschen,
ist nur ein weiterer Raum im Gebäude
des Studierendenreferats,
aber wenn wir uns dort treffen,
ist es ein Ort ohne Angst.

Der Campus ist voller *weißer*
Typen mit Locs.
Etwas daran
fühlt sich nicht richtig an.

Etwas daran
macht, dass sich meine Locs auch
nicht mehr richtig anfühlen,
obwohl ich nicht *weiß* bin.

Ich weiß nicht wirklich,
was die Frisur bedeutet,
aber es steht mir.
Schulterlang und gepflegt.
Die meisten *weißen* Locs sehen total unordentlich aus,
Haarsträhnen
die überall rausstehen
und ihre Ansätze lösen sich auseinander.
Ich pflege meine Ansätze täglich,
drehe sie mit Loc-Gel frisch ein,
um sicherzustellen, dass sie
Wind, Regen und die Dusche aushalten.
Ich wasche sie einmal in der Woche,
ziehe sie säuberlich wieder fest,
damit sie stark weiterwachsen –
aber gehören sie zu mir?

Es passiert auf dem Campus
und wenn ich in die Innenstadt fahre.
Schwarze Leute bemerken mich.
Wir nicken uns zu, um einander
anzuerkennen, und manchmal
lächeln wir. Da ich London gewohnt bin,
kommt es mir merkwürdig vor.

Es ist ein Nicken, das sagt: »Ich weiß,
wir sind klein an der Zahl,
aber wir passen aufeinander
auf.« Es ist ein Lächeln,
das sagt: »Wir müssen uns
nicht kennen, um einander
Liebe zu zeigen.«

Es ist ein Nicken, das ich in London
nur von Rastafaris bekomme,
die annehmen, dass ich Teil
ihrer Religion bin, aber hier
in Brighton sind Locs eine Frisur
mit einer anderen Konnotation.

Wochenlang sind wir in
den gleichen Englischvorlesungen
und sprechen nicht.
Allerhöchstens nicken wir uns zu,
falls sich unsere Augen treffen,
irgendwo sonst auf dem Campus.
In der Studierendenbar,
als eine gemeinsame Bekannte
uns nicht einander vorstellt,
machen wir es selbst.
Sie ist erstaunt,
dass wir uns nicht kennen.
Die einzigen zwei
Schwarzen Männer in einem Kurs
von über zweihundert Studierenden!

Lennie sieht Schwarz aus,
aber nicht *mixed* wie ich.
Er ist nur ein wenig größer
als ich, aber er ist stämmig –
ich kann nicht erkennen,
ob es Muskeln sind oder Fett,
denn er trägt einen weiten,
schwarzen Nike-Tracksuit.
Er hat Locs wie ich,
aber längere und dickere.
Lennie sieht stark aus.

Nach unserer Vorlesung am nächsten Tag
laufen wir nebeneinander her.
Während ich den Joint weiterreiche, sage ich:
»Ich wollte nicht nur mit dir sprechen,
weil wir beide Schwarz sind und Locs haben.«

Ich sage: »Ich möchte nicht, dass *weiße* Leute
wissen, dass ich Gras rauche –
sie nehmen an, dass ich ein Dealer bin.«

Lennie sagt: »Ich rauche nur Gras
gegen meine chronischen Rückenschmerzen.«

Ich applaudiere
seiner cleveren
Dr.-Dre-Referenz.

Er kennt sie nicht.

Ich sage: »Wie kannst du Dr. Dre nicht kennen?«

Lennie antwortet lachend:
»Warum bist du kein Drogendealer?«

Lennie und ich lachen über *weiße* Leute,
die versuchen, unsere Haare anzufassen.
»Was mich irritiert«, sage ich, »ist, wenn sie fragen,
aber ihre Hand schon dran ist.«

Er fügt hinzu: »Oder, wenn du *Nein* sagst
und sie darüber beleidigt sind.«
»*Genau!*«, sage ich. »Sie fühlen sich berechtigt,
uns zu berühren, nur weil sie freundlich
genug waren, zu fragen.«

»Das ist nur ihr allgemeiner Besitzanspruch
und ihr Privileg«, sagt Lennie.
Meine Mitbewohnerin Kerry erscheint.
»Störe ich das Black-Panther-Treffen?«

Und ich bin mir nicht sicher, ob sie die revolutionäre
Organisation oder den Marvel-Superhelden meint.
Lennie scheint zu sehen, dass ich mich unwohl fühle;
er entschärft die Situation: »Wusstest du,
dass ein schwarzer Panther eigentlich keine Spezies ist?
Er ist eine Melanin-Variante einer beliebigen Großkatze.
In Asien und Afrika sind es Leoparden,
und in Amerika sind es Jaguare.«

Ich zeige Lennie den Wakanda-Salut.
Er hebt eine Faust zum Black-Power-Gruß.

Kerry kichert, unbeholfen.
»Gehst du zum Wohnheim?«

»Ja, aber ich rede noch mit Lennie.«

»Oh, okay«, sagt sie. »Wir sehen uns dann später.«
Sie braust vor uns davon.

Lennie fragt mich: »Wenn du eine Superkraft
hättest, welche wäre es?«

Ich scherze: »Für *weiße* Leute unsichtbar zu sein.«

Lennie:
»Aber deine Mum könnte dich dann nicht sehen.«

»Manchmal bin ich nicht sicher, ob sie mich sieht«,
sage ich und weiß nicht, ob ich immer noch scherze.

Mein Handy vibriert.
Ich reiche den Joint zurück zu Lennie.
Es ist mein Kalender. Eine Erinnerung für
die Open-Mic-Nacht. Heute!

Ich habe mich noch mit niemandem verabredet.
»Lennie, hast du schon Pläne für heute Abend?«

»Fragst du mich nach einem Date?«, fragt Lennie,
mit einem verschmitzten Lächeln.

Ich halte inne. Ich überlege, ob er interessiert wäre,
wenn ich ihn um ein Date bitten würde. Wäre ich
interessiert, Lennie zu daten? »Nein.
Ich will heute Abend zur Open-Mic-Nacht gehen.«

»Das klingt schrecklich« Lennie lacht.
»Ich würde lieber alleine rauchen
und mir gute Musik anhören, keine schrecklichen Cover
und Möchtegern-Singer-Songwriter.«

»Es gibt auch Poesie!«, sage ich enthusiastisch.
»Hör auf! Du machst es nur noch schlimmer.« Lennie lacht
und reicht mir den Joint zurück. »Mikeyboy,
du bist auf dich allein gestellt.«

Ich beschließe, dass es mir gefällt, dass Lennie
mich Mikey nennt.

Ich komme gerade noch rechtzeitig,
um mich für den letzten von zwölf Plätzen
für das Open Mic einzutragen.
Der Abend ist genauso, wie Lennie
gesagt hat. Die Studierendenbar
ist normalerweise sehr voll, aber heute Abend
scheinen die Leute sie zu meiden.

Größtenteils sind es nur die Vortragenden;
nur einige von ihnen sind in Begleitung.

Der Moderator sieht aus wie ein Rockstar –
schwarze Lederjacke, Röhrenjeans, lange Haare.
Er kann nicht singen, aber er »wärmt uns auf«
mit drei Liedern auf seiner Gitarre, bevor
der Open-Mic-Teil beginnt.

Unter uns zwölf ist der einzige andere »Poet«
ein *weißer* Typ mit Locs, der sich Vegan Warrior nennt,
und sein Gedicht vergleicht das Fleischessen
mit dem transatlantischen Sklavenhandel.
Es ist schrecklich.

Ich schenke den Sänger*innen nicht viel Aufmerksamkeit,
teils, weil ich nervös bin, teils,
weil sie nicht sehr gut sind, und zum Teil aus Eifersucht
dass ich nicht mehr singe.

Jetzt bin ich dran. Ich trete vor das Mikrofon und lese:

Woher ich stamme

Ich stamme von Shepherd's Pie und Sonntagsbraten,
jamaikanischem Hähnchen und gefüllten Weinblättern.
Ich stamme vom Reisen durch Geschmacksknospen,
und trotzdem zu lieben, wo ich lebe. Ich stamme
aus einem Zuhause, das manche als kaputt bezeichnen
würden.

Ich stamme aus unfertigen DIYs,
ich stamme vom Warten am Telefon,
dass er anruft. Ich stamme aus der Einsamkeit,
die weiße Fahne zu schwenken. Ich stamme von der
Regenbogenflagge und der Flagge Großbritanniens.

Ich stamme aus einem britischen Pass
und einem immer gepackten Koffer, ich stamme
von Flugzeugtreibstoff und frischem Kokosnusswasser,
von der Überquerung des Ozeans, um mich selbst
zu finden. Ich stamme von tiefgreifenden Problemen
und seichten Lösungen.

Ich stamme aus einem limitierten Wortschatz
aber uneingeschränkter Fantasie.
Ich habe eine ordentliche Schulbildung
und eine großartige Mutter.

Ich stamme daraus, die Erlaubnis zum Träumen
zu haben, aber stattdessen entscheide ich,
aufzuwachen. Ich stamme von wo auch immer ich
schlafen gehe.
Stamme von unbeantworteten Fragen und ungelesenen
Büchern, unbemerktem Aufwand, von nicht überlieferten
Entschuldigungen und Danksagungen.
Ich stamme von den Menschen,
denen ich vertraue und denen, die mich verlassen haben.

Ich stamme aus dem letzten Jahr und ich bemerke nicht,
wie sehr ich mich verändert habe.
Ich stamme vom In-den-Spiegel-Schauen,
vom Online-Suchen, um mich selbst zu finden.
Ich stamme von Geschichten, Mythen, Legenden
und Popsongs, Hip-Hop und Poesie.

Ich stamme von Griots, Großmüttern und
Geschichtenerzähler*innen. Ich stamme von
publizierten Worten und dem Lächeln von Fremden.
Ich stamme aus meiner eigenen Schreibkraft,
aber ich sehe Menschen, zerrissen wie Papier,
jede Person eine Geschichte oder ein Gedicht,
das es nie in ein Buch geschafft hat.

Nach dem Open Mic
rede ich mit diesem Paar.
Simon ist *weiß*,
Mia könnte es nicht sein.
Simon studiert Ingenieurwissenschaft,
Mia studiert Medien.

»Ich würde eins deiner Gedichte gerne filmen«,
sagt Mia enthusiastisch. »Hast du einen
YouTube-Kanal oder Instagram?«

Bevor ich antworten kann, sehe ich, wie er sich hinter ihr nähert. *Weiß*, blond wie Simon, groß, Brustmuskeln in meiner Augenhöhe, gewölbter Bizeps und was für ein Lächeln! Ich verstehe nicht, warum er im Herbst eine Weste trägt, aber ich kann mich nicht beschweren. Seine Arme sind zum Sterben schön!

»Madame, Monsieur.« Er reicht Mia
ein Glas Weißwein und
Simon ein großes Glas Guinness.

»Hi, ich bin Mike«, sage ich, meine: Wer bist du?
»Hey, Mike, Jack. Tolle Lyrik.«
Und weiter: »Oder Spoken Word?«
Er legt seine riesige Hand auf meine Schulter.

Mia schaut Jacks Hand an, dann
sagt sie zu Simon: »Ich hab Lust auf eine Gerollte.
Hast du deinen Tabak dabei, Babe?«

»Ja«, sagt Simon zu Mia, dann
dreht er sich zu Jack: »Wir sind gleich wieder da.«

Ich frage Jack, ob er einen Drink möchte.
Er sagt: »Ich trinke nicht mehr.«
Also hole ich mir auch keinen Drink.

Wir sitzen an einem ruhigen Tisch in der Ecke.
Erst quatschen wir über die falsche Abtrennung von
Lyrik und Spoken Word
und dann darüber, dass er wünschte,
dass er Gedichte schreiben könnte.
Ich versuche, ihn zu überzeugen,
dass er es kann, wenn er will. Ich würde ihm helfen,
wenn er das wollte–?

Dann sagt er mir, dass er hier nicht studiert.
Er ist Simons Bruder, nur zu Besuch.
Er sagt, er liebt es, Simon zu besuchen,
weil: »Hier sind alle so frei. In meiner Stadt
sind die Leute so gehemmt
durch Familienerwartungen und den Ruf
aus der Kindheit.«

»Ich bin nicht für die Uni gemacht«, sagt Jack.
»Ich bin eine praktische Person. Ich verdiene
gutes Geld im Bauwesen. Und ich kann dadurch
ab und zu verreisen. Ich bin immer unter Männern
und deren Scherzereien und deren Wut,
und deren Schmerz, und manchmal möchte ich
sie einfach umarmen, weißt du, sie einladen,
sich zu öffnen.«

I*ch weiß Jack, ich weiß wirklich.* Ich folge seinem
Monolog, aber alles, woran ich denken kann,
ist, wie sehr ich ihn mitten im Satz unterbrechen möchte,
mit einem Kuss.

Aber Jack spricht weiter:
»Ich bin nicht schwul, aber Männer, wir verstehen
einander und trotzdem reden wir nie wirklich.
Wir laden es alles bei unseren Freundinnen ab –
nicht, dass ich eine habe. Ich habe online darüber
gelesen. Es ist Arbeit für sie, emotionale Arbeit.«

Ich höre den semi-zusammenhängenden Vortrag
von diesem Mann, der im Einklang mit etwas ist,
dass viele Männer nie verstehen werden, aber
eine Phrase, die er sagt, bleibt in meinem Kopf hängen.

»Ich bin nicht schwul.«

»Ich bin nicht schwul, aber …«

»… aber …«

»… aber Männer…«

»… Männer …«

»… Männer, wir verstehen einander.«

Ich weiß schon, bevor ich es sage, warum ich es sage.
Denn ich fühle eine Verbindung.
Warum hat er gesagt, dass er keine Freundin hat?
Warum spricht er schon so lange mit mir?

»Aber du bist auch nicht hetero, oder?«, platze ich heraus
und unterbreche ihn, aber nicht mit einem Kuss.

Er hält inne, dann öffnet er seinen Mund,
schließt ihn wieder, sieht auf den Boden,
dann zurück zu mir.

Kann er meine Sehnsucht sehen? Meine Neugier?
Kann er die Verbindung fühlen, oder habe ich
etwas aus nichts konstruiert?

»Mike, du bist ein schöner Mann, interessant
und talentiert auch. Ich rede gerne mit dir.«

Ich lächle und realisiere, dass er von meiner Frage
mit Komplimenten abgelenkt hat, bevor
einer von uns mehr sagen kann.
Simon taucht wieder auf. »Oh, gut. Du bist noch hier.

Wir gehen zurück. Kommst du mit, Jack?«

Und das ist die einzige Frage, die er beantworten
muss. Hier ist sein Fluchtweg, ohne Ärger
zu verursachen. Und ich bereite mich darauf vor,
Tschüss zu sagen, möglicherweise für immer.

Die Pause

ist zu lang und Simon sagt mit einem Lachen in seinem
Lächeln: »Sorry, habe ich euch unterbrochen?«

»Geht ruhig vor. Ich komme hier schon klar, mit Mike.«

Ich laufe über den Campus
zurück zu meinem Zimmer,
schweigend mit Jack, nicht ganz
angenehm, nicht ganz unangenehm.

Ich möchte wissen, was Jack denkt.
Ich schaue zu ihm auf. Er sieht zu mir runter
und lächelt, ich lächle zurück.

Ich schaue geradeaus.

Lauf einfach weiter.
Wir sind jetzt fast da.

»Das ist mein Zimmer«, sage ich
und gestikuliere etwas wahllos herum.
»Ich habe ein eigenes Badezimmer«,
sage ich mit ungerechtfertigtem Stolz.
Ich zeige aufs Bett. »Sollen wir?«
Ich meine: Sollen wir uns setzen?

Ich bemerke zu spät, was ich impliziert habe,
ist etwas komplett anderes,
und es ist nicht das, was ich gemeint habe,
aber definitiv das, was ich will.
Ich möchte, dass es mit ihm ist.
Ich bin bereit, meine Jungfräulichkeit zu verlieren.

»Verlieren« klingt nicht richtig.
Es wird kein Versehen sein.

Wie kann ich es sonst sagen? Ich bin bereit,
ihm meine *Jungfräulichkeit* zu geben?

»Geben« klingt nicht richtig.
Ich sehe es nicht als Geschenk.

Wir sitzen jetzt auf meinem Bett.
Er schiebt seine Reebok Classics von den Füßen.
Ich öffne die Schnürsenkel meiner Converse
und ziehe sie ab.

Ich glaube, es ist nicht sein erstes Mal.
Zuerst sagen wir gar nichts.

Ich drehe mich zu ihm,
er dreht sich zu mir.

Ich frage ihn: »Darf ich dich küssen?«
Und er sagt: »Ja.«

Ich frage ihn: »Darf ich dich berühren?«
Und er sagt: »Ja.«

Ich frage ihn: »Benutzt du ein Kondom?«
Und er sagt: »Ja.«

Ich frage ihn: »Bleibst du über Nacht?«
Und er sagt: »Ja.«

Er schläft vor mir ein
und ich liege hellwach da und denke,
das ist, wie es sein sollte.
Jemanden im echten Leben zu treffen,
nicht online oder über eine Dating-App.
Jemanden zufällig treffen,
nicht nur in Schwulenbars, in jeder Bar.
Oder überall – an der Bushaltestelle,
im Laden, auf der Straße,
so wie andere Leute sich auch treffen.

Er schläft neben mir ein
und ich kann ihn ansehen.
Ihn wirklich ansehen. Er ist
so klassisch gutaussehend, unreal
wie eine Statue von Perseus
oder Michelangelos David,
irgendwie fast klischeeschön.
Und nicht einmal habe ich gedacht,
er wird niemals auf mich stehen.
Und nicht einmal habe ich gedacht,
er muss hetero sein.

Er schläft neben mir,
wir hatten gerade Sex, er ist nicht hetero.
Ich glaube nicht, dass ich ihn
schwul oder bi gemacht habe. Ich habe ihm nur
eine Möglichkeit gezeigt und er hat eingewilligt.

Am Morgen lege ich meine Hand auf seinen festen
Oberkörper und meinen Kopf an seine Schulter.

Wir bleiben so für ein paar Sekunden,
bevor er aufsteht und beginnt, sich anzuziehen.

»Geht es dir gut?«, frage ich.
Und er sagt: »Ja.«

»Bist du sicher?«, frage ich.
Und er sagt: »Ja.«

»Bitte sprich mit mir«, sage ich.
Er sagt: »Ich schreibe dir später.«

»Wann sehe ich dich wieder?«, frage ich.

Nachdem er gegangen ist, möchte ich jemandem,
irgendjemandem sagen, dass ich
keine Jungfrau mehr bin. Ich bin neunzehn
und keine Person, die ich kenne, ist Jungfrau,
oder vielleicht gibt es
niemand zu, so wie ich.
Wir lassen Leute annehmen, dass wir
Erfahrungen gemacht haben, dadurch,
dass wir einen auf selbstsicher spielen.

Immer, wenn mein Handy vibriert,
checke ich, ob es von ihm ist.

Und wenn nicht, lege ich es wieder hin.

Ich habe den Typen erst letzte Nacht
getroffen und jetzt ist er alles, woran ich denken kann.
Er wird bald nach Hause fahren,
dreihundert Kilometer entfernt,
zurück zu seinem Job im Bauwesen.

Ich nehme die Nacht in meinem Kopf auseinander.
Gibt es etwas, das ich gesagt habe,
oder habe ich etwas falsch gemacht? War es falsch
so schnell miteinander zu schlafen?
Hätte ich ihn bis zum nächsten Besuch bei Simon
warten lassen sollen?

Dann realisiere ich, dass ich Jack und Simons
Nachnamen nicht kenne und
wir nie Nummern ausgetauscht haben.

Als er heute morgen ging
und gesagt hat, er würde mir schreiben,
wusste er, dass er es nicht tun wird?

Es fühlt sich wie das eine Mal an,
als meine Mum mich geschlagen hat.
Mehr erschreckend als schmerzhaft.

An dem Abend gehe ich in die volle
Studierendenbar, hoffend, Simon zu sehen.
Ich bin drei Stunden allein dort, und trinke langsam
eine Rum Cola, das Handy auf dem Tisch,
mein Notizbuch auf einer leeren Seite geöffnet,
der Stift will nicht sprechen. Bis endlich:

Vielleicht bin ich ein Meermann

Vielleicht bin ich ein Meermann.
Keine Meereshexe hat mein Lied gestohlen.
Ich habe selbst entschieden, nicht mehr zu singen,
um die Aufmerksamkeit, die es mir bringt,
zu vermeiden.

Ich habe kein Zuhause unter dem Meer,
habe immer auf diesem Land gelebt,
aber ich sehe hinaus, als gäbe es für mich
mehr jenseits der Küste.

Ich habe den Mann meiner
Träume nicht gefunden, noch bin ich
der Mann, der von mir erwartet wird,
aber vielleicht bin ich ein Meermann.

Vielleicht habe ich eine Geschichte zu erzählen.
Vielleicht habe ich einen Fluch zu brechen.
Meine Meermannstimme ist brüchig.
Mein Meermannlied wird gesprochen.

Ich sehe auf. Ich sehe Simon, Simon sieht mich.

Er hält inne, bevor er zu mir rüberkommt. Er sagt:
»Mein Bruder hat mir keinen detaillierten Bericht gegeben,
aber er hat genug gesagt und den Rest habe ich mir erschlossen.
Ich denke nicht, dass das der Beginn
von Etwas für euch zwei ist. Es war nur eines
dieser Dinge, die er gemacht haben musste.
Ich kenne ihn mein ganzes Leben lang und er ist nicht schwul.
Er fühlt nur sehr viel. Die Leute haben
immer gesagt, dass er anders ist, aber es braucht nicht
viel, um anders zu sein, da wo wir herkommen.
Leute haben mich verarscht, weil ich lese und zur Uni gehe.
Wo wir herkommen, gibt es nicht viel Vielfalt, und er ist
einfach voller Neugierde. Immer, wenn er herkommt,
schläft er mit jemandem. Zugegebenermaßen bist du
der erste Typ, und ich kann sehen, warum er auf dich
aufmerksam wurde, da auf der Bühne, selbstbewusst,
mit deinen Worten und deinem Selbstverständnis, wie
du sprichst und gehört wirst. Es ist beeindruckend,
was du machst, ich applaudiere dir und ich bin sicher,
in dem Moment hat er dich angehimmelt. Sieh mal,
das hatte er noch nie, wir hatten das nie.
Aber jetzt hatte er dich, und damit hat's sich.«

In meinem Zimmer allein
weiß ich nicht, bei wem ich mich melden soll.
Es sollte Daisy sein.

~~**MICHAEL:** Hey, Daisy! Ich vermisse dich. Wie ist die Uni?~~

~~**MICHAEL:** Hey, Rowan! Wie ist die Schauspielschule?~~

Am nächsten Morgen
wache ich zu spät für meine Vorlesung auf,
also entscheide ich, sie auszulassen.

Ich steige in den Bus Richtung Innenstadt und gehe
zum Strand mit meinem Notizbuch.

Ich habe einen verpassten Anruf
von Mum, aber ich möchte gerade
nicht mit ihr sprechen.

Meine Haare nerven mich
und wehen in mein Gesicht,
also binde ich sie zusammen, indem
ich zwei Locs
von hinter meinem Hals nehme,
sie um den Rest
der Haare binde und eine Schleife mache,

Einfach atmen, sage ich mir selbst.
Einfach atmen.

Am Strand in Brighton

lasse ich meinen Atem
den Takt der
Wellen einfangen,
meditiere.

Ich schwimme nicht,
surfe oder paddle,
ich setze keinen
Fuß überhaupt in das Wasser.

Wenn ich
durchatmen muss,
setze ich mich
an den Strand in Brighton.

Ich liebe es zu wissen,
dass ich auf einer Insel lebe.
Ich weiß, meine Leute
sind Inselbewohner*innen.

Ich bin eine Insel.
Ein Junge der ein Mann wird.
Ich gehe zur Universität
und entdecke meine Identität.

Ich sehe das weite offene Meer,
das sich vor mir ausdehnt.
Doch ich weiß, die Großstadt
ist, wohin ich zurückkehren werde.

Wenn ich hier sitze
an diesem Strand,
schließe ich meine Augen,
stelle mir vor, wie ich hier sitze,

an der Uferlinie.
Sehe das gesamte Land,
Kontinente und den Planeten,
fühle mich auf beruhigende Weise klein.

Ich erinnere mich an die »Sandburgen« ,
die Anna und ich gebaut haben
bei unserem Tagesausflug nach Brighton;
wie es ihr egal war, dass der Strand aus Kieseln ist
und nicht aus Sand.
Wie ich die ganze Fahrt befürchtet hatte,
dass sie weinen würde,
wenn wir ankommen.
Dass sie sich nur über
Sand freuen würde.
Doch es hat ihr nichts ausgemacht,
dass ihre Sandburgen
nicht in der
Form des Eimers zusammengehalten haben.
Sie war vollkommen glücklich, mit den
Kieseln zu spielen
und sie trotzdem Sandburgen
zu nennen.

Männer sind Sandburgen

Männer sind Sandburgen,
geschaffen aus Kieselsteinen
und dem Eimerpatriarchat:
Wenn du ihn entfernst,
fürchten wir, dass wir uns
nicht weiter zusammenhalten
können. Wir gießen Zement hinein,
um die Lücken zu füllen,
um uns zu Konstruktionen
aus Beton zu machen.

Ich bin überrascht, dass wir in den nächsten zwei
Treffen der Drag-Gruppe nur sprechen.
Es gibt keine Outfit- oder Make-up-Tutorials.
Mzz B. weiß einiges über Drag-Geschichte –
die US-amerikanische und die britische,
und deren Unterschiede.
Mzz B. ist nicht gerade begeistert
von Schönheitsköniginnen,
es sei denn, sie haben etwas zu sagen.

»Wenn alles, was du willst, ist, makellos auszusehen,
ist das valide, aber das kannst du auch zu Hause machen
und Fotos davon im Internet veröffentlichen.
Warum musst du dafür auf einer Bühne stehen?
Was willst du sagen? Wer bist du?
Was erwartest du vom Publikum?
Welche Gedanken willst du ihnen vermitteln?
Was für ein Gefühl willst du ihnen vermitteln?
Möchtest du, dass sie lachen? Weinen?
Sauer werden?
Das musst du wissen. Du musst die Person sein,
die es unter Kontrolle hat, da oben.
Alles, was ich tun kann, ist, euch vorzustellen und
das Publikum aufzuwärmen, aber sobald du
im Scheinwerferlicht stehst, gehört es dir.«

Ich sehe die High Heels vom Schaufenster aus
und ich bin sicher, so sicher wie ich war,
als ich das erste Mal das Plakat für die
Drag-Gruppe gesehen hatte, das das die Heels
für mich sind: schwarz, mit einem Spitzenmuster,
zehn Zentimeter, machbar, denke ich.

Ich habe Panik davor, was die Dame
im Laden denken wird, wenn
ich frage, ob ich sie anprobieren kann. Werden
sie die Schuhe überhaupt in der richtigen Größe haben?
»Größe 41, ja, natürlich«,
sagt sie beiläufig. »Nur diese?«

Sie passen perfekt im Laden,
aber ich habe nicht getestet, darin zu laufen.
Froh, dass niemand sich über mich lustig gemacht hat
oder mich merkwürdig ansah,
nahm ich sie mit an die Kasse,
bezahlte und ging schnell wieder.

Jeden Abend in meinem Zimmer
übe ich, in meinen neuen Heels zu laufen,
anstatt unter Leute zu gehen.

Ich spiele Songs von Rihanna,
Nicki Minaj und Queen Bey.
Versuche, meine innere Femininität zu kanalisieren.

Ich drehe mich zu meinem Beyoncé-Poster
und puste ihr einen Kuss zu.

Mum ruft mich täglich an,
um mir zu sagen, dass sie mich vermisst,
nach meinem Tag zu fragen
und mir zu sagen, wie ihr Tag war.
Meistens habe ich wenig zu berichten,
aber ihr fehlen die Worte nie.
Sie beschwert sich über die Arbeit,
und Annas neueste Einfälle,
schmückt jede Geschichte mit
sorgfältig genauen Details aus.
So hat sie nie mit mir gesprochen,
als ich noch zu Hause wohnte.
Abwesenheit lässt ihr Herz
… kommunikativer werden?

Sie sagt:
»Anna vermisst dich wirklich.
Sie schläft in deinem Zimmer.
Warum rufst du sie nicht an?
Kommst du bald mal nach Hause?
Vielleicht zu deinem Geburtstag?
Vielleicht können wir dich besuchen?«

»Nicht zu meinem Geburtstag«, sage ich.
»Ich muss noch einen Essay schreiben
und ich bin unter Zeitdruck.«

Am Morgen meines Geburtstags
ruft Onkel B. an, um mir mitzuteilen,
dass er mich zum Shoppen mitnimmt,
wenn ich das nächste Mal in London bin.

Was ich ihm nicht sage, ist, dass ich
lieber Sterne beobachten würde.
Ich habe mein Teleskop zu Hause
in London gelassen, es an Anna weitergegeben.

Mum und Anna rufen an. Zusammen
singen sie »Happy Birthday« für mich.
Mum fragt, was ich heute geplant habe.

Ich sage, dass ich keine Pläne habe.
Zu viel für die Uni zu tun. Zu viel zu lesen
und zwei Essays, die nächste Woche dran sind.
Es ist viel schwerer als in der Abiturzeit.

Ich vermisse Daisy und nicht nur, weil sie mir
mit meinen Hausaufgaben geholfen hat.
Sie stand mir bei,
als ich mich geoutet hatte, und ist ein Teil
meiner Familie geworden. Die eine Person,
mit der ich über Rowan und Kieran sprechen konnte.

Ich hab ihr nicht alles erzählt,
aber fast. Und sie war nicht meine feste Freundin,
aber fast.

LENNIE: Happy Birthday!
Willst du später einen Geburtstags-Joint?

MICHAEL: Ganz vergessen, dass ich dir erzählt
hatte, dass heute mein Geburtstag ist.
Ich muss high gewesen sein. 😂

LENNIE: 😂

LENNIE: Also?

MICHAEL: Danke fürs Daran-Denken.
Ich möchte den Tag einfach ignorieren. 😬

LENNIE: Möchtest du stattdessen einen
Nicht-Geburtstags-Joint?

MICHAEL: Nein.
Aber Danke.
Ich sehe dich morgen.

LENNIE: 👍

Ich halte inne, als Daisys Name
auf meinem Bildschirm aufpoppt.

Ich habe nicht erwartet, von ihr zu hören.
Wir haben seit dem Sommer nicht gesprochen.

Warum ruft sie mich an?
Wahrscheinlich, um mir alles Gute zu wünschen.

Und ja, so beginnt sie,
und als ich nichts sage,
fährt sie fort: »Es tut mir leid.«

»Was tut dir leid?«, frage ich.
»Du weißt, was ich meine«, sagt Daisy.
»Was ich am Club gesagt habe.

Mir war nicht bewusst, wie beleidigend
ich war. Meine Partnerin –
ja, ich habe Partnerin gesagt –
Chloe hat mir erklärt,
dass es war, weil ich meine eigene
Sexualität verleugnet habe.

Chloe ist toll, ich habe sie an
meinem ersten Tag hier kennengelernt
und wir sind seit den letzten sechs Wochen
unzertrennlich.
Gestern hab ich ihr von
unserem Streit erzählt.

Ich habe ihr erzählt, was ich gesagt habe,
obwohl es mir peinlich war.
Ich glaube, ich musste es vor
ihr zugeben, weiß du?
Ich wusste schon, dass das, was ich
gesagt habe, schrecklich war. Es tut mir leid, Michael.
Chloe sagt, dass ich es gesagt habe,
wegen meiner internalisierten Queerfeindlichkeit.
Dass ich queerfeindlich mir selbst
gegenüber war und dir gegenüber. Ich denke,
das ist, was Chloe meinte. Ergibt das Sinn?«

Es ergibt irgendwie Sinn
und ich bin erleichtert, auf eine Art.
Es stellt sich heraus, dass meine queerfeindliche
beste Freundin eigentlich lesbisch ist.

Ich sage Daisy: »Ich bin froh, dass du angerufen hast.
Wir sollten bald wieder sprechen, vielleicht sogar
über Weihnachten treffen.«

Was ich ihr nicht erzähle, ist, dass ich einsam bin.
Ich möchte einfach auflegen.
Das macht es nur schlimmer.

Ich bleibe größtenteils für mich, aber an Halloween
schmeißen meine Mitbewohner*innen eine Party.
Ich hab ihnen nicht erzählt, dass heute mein Geburtstag ist,
aber ich schließe mich an.
Wir bringen Herbstlaub in die Wohnung.
Treffen die allertypischsten Entscheidungen
bei den Kostümen.
Eine Hexe, ein Vampir, ein Werwolf.

Ich bin ein Geist.

Mein Kostüm ist ein weißes Laken
mit zwei Löchern für meine Augen.
Ich schätze, es ist mehr eine Tarnung.

Niemand der Partygäste weiß,
dass mein Geburtstag ist. Die meisten bringen
ihren eigenen Alkohol mit und fragen,
wen ich hier kenne. Ich erkläre, dass ich hier lebe.

Sie sagen: »Coole Party!«, und bieten mir
ein Bier an oder einen Schluck von
welcher Spirituose sie auch immer gerade halten.
Ich mag es, so unter Menschen zu sein.
Wo ich mich sicher fühle. Ich kann mich in mein
eigenes Zimmer zurückziehen, wenn ich will.

Nach sieben Bieren ziehe ich mich in mein Zimmer zurück und setze mich auf mein Bett.

Ich stelle mir vor, ich ziehe mein weißes Laken ab und zum Vorschein kommt ein Tutu und Ballett-Spitzenschuhe.
Ich gehe en-pointe. Alle
auf der Party fangen an, »Happy Birthday« zu
singen. Kieran erscheint und hält eine Torte
mit nur einer Kerze. Ich schaue genauer hin
und sehe, die Kerze ist keine Kerze.

Es ist Rowan, in Miniatur, sein rotes Haar steht aufrecht wie eine flackernde Flamme. Ich wünsche mir etwas, während ich puste, und Rowan verschwindet und alle anderen auch, bis auf Kieran.

Er sagt: »Alles Gute zum Geburtstag, Michael.«

Er beugt sich vor, um mich zu küssen, und ich schließe meine Augen. Seine Lippen fühlen sich federleicht an, und ich öffne die Augen und finde eine schwarze Feder auf meinen Lippen, kein Kieran, und ich huste und huste und ich huste eine schwarze Feder nach der anderen.

Ich verlasse die Hausparty
und beschließe, ins
Omen,
dem queeren Club der Stadt, zu gehen.
Ich werfe mein weißes Laken
in die Mülltonne auf dem Weg
zur Bushaltestelle.

Ich trage meine Converse,
marineblaue Levi's-Jeans
und ein hellblaues Levi's-Hemd.

Ich denke, ein Club ist besser als
eine App. Es ist das echte Leben
und ich kann dort tanzen.
Das Erste, das mir auffällt,
als ich dort ankomme: Die Outfits
sind nicht wie Halloween-Kostüme,
die ich bisher gesehen hatte.

Viele der Männer haben dicke Bärte
und haarige Oberkörper. Ein Oben-ohne-DJ
mit einer glatten Brust und ausgebildeten Bauchmuskeln
spielt hämmernde Musik,
die ich nicht kenne.

Die meisten Männer schauen direkt
durch mich hindurch oder sie sehen
mich auf der Tanzfläche nicht,
wenn sie mich anrempeln.

Niemand sagt Entschuldigung.
Keiner spricht mit mir.
Keiner lächelt mich an.

Jemand fährt mit dem Finger
durch mein Haar. Ich erschrecke,
drehe mich um und sehe ihn.
»Ich liebe dein Kostüm«, sagt er.

»Wie bitte?«, antworte ich und vergesse,
wie ich wohl aussehe
in diesem Meer aus Weiß.
»Das ist eine Perücke, oder?
Dein Kostüm, du bist Bob Marley?«

Vor meinem Seminar am nächsten Tag
erzähle ich Lennie von dem Club.

»Was hast du zu ihm gesagt?«,
fragt Lennie grinsend.

»Ich bin einfach weggegangen«, antworte ich.
»Ich habe es satt, das zu hören, Lennie.«

»Aber du siehst ihm schon ein bisschen ähnlich,
das musst du zugeben.« Lennie neigt seinen
Kopf zur Seite und hebt
eine Augenbraue, dann lacht er.
»Du hättest mich einladen sollen.
Ich hätte dein Wingman sein können.«

»Das Seminar beginnt, Mike«, sagt Sienna,
ein Mädchen aus meinem Kurs,
als sie an uns vorbeischlendert,
in einem langen, dunkelgrünen Kleid
mit winzigen weißen Punkten.
Mit Büchern unter dem Arm
gleitet sie in den Seminarraum.
Meine Augen folgen ihr hinein, aber meine Füße
bleiben auf dem Boden. Als sie außer Hörweite ist,
ruft Lennie aus: »Sie ist heiß.«
Ich tue so, als hätte ich es nicht bemerkt.

»Wirklich jetzt? Komm schon, Mikey,
du bist vielleicht schwul, aber du hast
sie doch gesehen«, meint Lennie.

»Du gehst besser rein«, fährt er fort.
Er winkt Sienna zu, die uns
von ihrem Sitz aus ansieht, und sie winkt zurück.
Sie streicht sich ihr langes rotes Haar über die Schulter,
lehnt sich nach vorne und stützt ihr Kinn in die Hand.
Ich gehe hinein und setze mich neben sie.

»Danke, dass Sie auch zu uns gefunden haben,
Mr. Angeli«, sagt unser Dozent und
schließt die Tür vor Lennie.

LENNIE: Du musst mich ihr vorstellen.

Ich halte mein Handy mit beiden Händen
unterm Tisch und drehe meinen Körper so,
dass mein Rücken zu Sienna gerichtet ist und
sie den Bildschirm nicht sehen kann.

MICHAEL: Du kannst dich selbst vorstellen. 🙄

LENNIE: Komm schon, Mikey. Sei mein Wingman. 🙏
Weißt du, ob sie Single ist?

MICHAEL: 🤷

LENNIE: Mach etwas Detektivarbeit. 🕵️

MICHAEL: Okay, ich sehe, was ich tun kann.

Unser Dozent fragt: » Mr. Angeli, halten
wir Sie von etwas Wichtigerem ab?«

Ich hab nicht bemerkt, dass das Seminar
begonnen hat. Ich antworte:
»Nein, tut mir leid«, und stecke mein Handy weg.
Sienna schüttelt ihren Kopf, aber lächelt.

Am Ende des Seminars
wendet sich Sienna an mich:
»Eine Gruppe von uns geht
heute Abend in einen Club in der Stadt.
Willst du dich anschließen?«

»Wer kommt mit?«, frage ich sie.

Sie zählt sechs Namen auf, die ich nicht kenne.
Aber ich sehe meine Chance.
»Kann ich meinen Kumpel
Lennie mitbringen?«, antworte ich.

»Je mehr, desto besser«, sagt Sienna.

Später am Abend nähern sich Lennie und ich
Sienna an der Bushaltestelle. Ich trage immer noch
meine blauen Jeans, das weiße T-Shirt und das Jeanshemd
von vorhin, aber Lennie hat sich umgezogen.

Er trägt einen dunkelgrünen Nike-Tracksuit.
Sienna trägt einen roten Jumpsuit und rote
Stöckelschuhe. Lennies Tracksuit hätte zu dem gepasst, was
Sienna vorhin getragen hat. Ich bemerke
Kleidung mehr, seit ich in der Drag-Gruppe bin.
Siennas Outfit beißt sich mit ihrem Haar.

Ich atme tief durch und bereite mich darauf vor,
neuen Leuten vorgestellt zu werden, aber Sienna
tritt von der Menge weg. »Hey, Jungs!
Die anderen haben mich alle im Stich gelassen.
Es sieht so aus, als ob es ein Dreier wird.«

»Oh, ich dachte, das wären deine Freund*innen«, sage ich,
und zeige auf die Leute im Buswartehäuschen.

»Nein«, sagt Sienna. »Nur wir. Heute Abend geht es darum,
neue Freund*innen zu finden.« Sienna lächelt Lennie an und
Lennie lächelt Sienna an. Ich habe das Gefühl,
dass ich sie für sich sein lassen sollte.

Als wir im Club ankommen,
spielen sie gerade *Little Mix*.
Sienna will tanzen, aber Lennie nicht.

Er sagt: »Ihr zwei macht das schon.
Ich besorge die Drinks. Rum Cola?«

»Ja, bitte«, sage ich.

»Wodka-Limonade für mich«, sagt Sienna,
als sie meine Hand nimmt und mich
auf die Tanzfläche führt.

Es ist ein regenbogenfarbenes Meer von Mädchen in
Jumpsuits. Ich bin erstaunt, wie gut Sienna in Heels
tanzen kann. Gelegentlich legt sie ihre Hände
auf meine Schultern, um sich zu stabilisieren.
Wenn sie so nah ist, studiere ich
ihr Make-up, den Schwung ihres schwarzen Eyeliners,
die Konturen auf ihren Wangen, ihre leuchtend
roten Lippen mit einer dunkleren Kontur.

»Ich liebe dein Make-up!«, rufe ich über die Musik hinweg.
»Was hast du gesagt?«, sagt Sienna.
Wenn ich sie hören kann, warum kann sie mich nicht hören?

»Sollen wir zu Lennie zurückgehen?« Ich zeige auf ihn.

Später, im Raucherbereich,
während Lennie uns einen Joint rollt,
erzähle ich Sienna, was mit Jack passiert ist
und was Simon zu mir gesagt hat.

»Er klingt wie ein richtiger Arsch«, sagt sie
und drückt mir mitfühlend den Arm.

»Welcher?«, fragt Lennie und reicht
Sienna den fertigen Joint.
Ich dachte, er hätte nicht zugehört.

»Eigentlich beide«, sagt Sienna,
und sie nimmt nur einen Zug
und reicht den Joint an mich weiter.

Es herrscht eine angenehme Stille,
als ich zwei Züge nehme – einen für Jack
und einen für Simon.

Ich reiche den Joint an Lennie weiter.
»Ich könnte das nie tun«, sagt er,
»Ich könnte keinen Sex mit einem Typen haben,
egal wie betrunken oder high.«

Ich antworte: »Das weiß man nicht,
bevor man es nicht versucht hat.
Vielleicht bin ich einfach so unwiderstehlich.«

Lennie verschluckt sich an einem Mundvoll Rauch.
»Wenn du das wärst, hätte Jack dich angerufen.«

Er nimmt kein Blatt vor den Mund, sagt es geradeheraus.

Er reicht den Joint an Sienna weiter,
die sich bemüht, nicht zu lachen.

Sienna überspringt ihren Zug,
reicht an mich weiter und fragt:
»Also, was ist dein Typ, Mike?«

Ich antworte sofort:
»Groß, *weiß*, großer Bizeps
und ein umwerfendes Lächeln.«

Ich beschreibe Jack,
aber Sienna und Lennie
haben ihn noch nicht getroffen,
also wissen sie das nicht.

Ich nehme einen Zug.
»Das ist beschissen«, sagt Lennie.
Er sieht ernst aus.

»Was ist?«, sage ich leise
und reiche ihm den Joint.

»Dass sie nach deinem Typ gefragt hat
und du *›weiß‹* gesagt hast.«

Ich drehe mich zu Lennie und sage:
»Ich kenne niemanden,
der Schwarz und schwul ist.«
Und es stimmt, aber es fühlt sich
wie eine Ausrede an.

»Ich gehe nur mit Schwarzen aus«, sagt Sienna.

»Das ist auch beschissen!«, ruft Lennie.
»Hört ihr euch eigentlich selbst?«

»Ihr beide müsst verstehen,
die Schwarze Frau, der Schwarze Mann,
Schwarze nichtbinäre Personen, das sind immer
die letzten, die als attraktiv angesehen werden
in dieser Gesellschaft der *weißen* Vorherrschaft.
Uns wird allen – Schwarzen und *Weißen*
gleichermaßen – ein Schönheitsideal von heller
Haut und ›gutem Haar‹, vielleicht großen Lippen,
vielleicht einem großen Hintern, aber fast nie
eines von dunklerer Haut gezeigt.
Wenn eine Schwarze Person sagt, sie stehe nur
auf *weiße* Menschen, ist das internalisierter
Rassismus. Wenn eine *weiße* Person sagt,
sie stehe nur auf Schwarze, ist das Fetischisierung,
was auch eine Form von Rassismus ist. Wenn ihre
Haut oder rassifizierte Merkmale dir mehr bedeuten
als die Person selbst, ist das Rassismus. Ich kann
nicht dein Freund sein, ohne das anzuprangern.
Deine Ignoranz mag unschuldig sein, aber der
Rassismus ist real.
Ich möchte, dass ihr beide darüber nachdenkt,
wie ich mich durch das,
was ihr gesagt habt, fühlen könnte.«

Lennie nimmt einen langen Zug vom Joint,
den er die ganze Zeit in der Hand
hatte, während er sprach.
Er hält den Atem an und beginnt dann zu lachen,
Rauch quillt aus seinem Mund
wie ein Motor mit Fehlzündung.

Er reicht den Joint an Sienna weiter. »Ich meinte das,
was ich gesagt habe, ich wollte nur nicht, dass es
so wütend rüberkommt.«

Zwei Türsteher kommen zu uns herüber.
Der größere der beiden zeigt auf Lennie
und mich und sagt: »Ihr zwei müsst gehen.«

»Warum, was haben wir getan?«, fragt Lennie.
Der kleinere Türsteher antwortet: »Ihr macht
eine Szene«, er schnauft, »und ihr raucht Gras.«

Aus den Augenwinkeln sehe ich, wie Sienna
sich wegdreht und den Joint unterm Zehenbereich
ihres roten Stilettos löscht. Sie geht wieder hinein.

»Na, los geht's«, sagt der größere Türsteher.
»Es sei denn, ihr wollt es auf die harte Tour machen.«

MICHAEL: Wir wurden rausgeworfen. 🙁
Triffst du uns draußen?

SIENNA: Habe grade ein paar Freund*innen
getroffen. Bleibe noch länger. 😘

Lennie und ich gehen an der Strandpromenade entlang.
Die Bars und Clubs sind in vollem Gange,
aber wir haben keinen Plan, wohin wir als Nächstes gehen
sollen. »Ich kann immer noch nicht glauben,
dass Sienna nicht mit uns gegangen ist«, sage ich zu Lennie,
der mit den Schultern zuckt.

»Ach, na ja«, sagt Lennie, »das kann stattdessen ein
Männerabend sein. Wir könnten in diesen queeren Club
gehen, von dem du mir erzählt hast.
Ich kann dein Wingman sein. Ich suche dir jemanden,
der dir hilft, Jack zu vergessen.«

Ich antworte: »Ich bin nicht in der Stimmung.
Macht es dir was aus, wenn wir einfach zurück zum
Campus fahren?«

»Gute Idee«, sagt Lennie, »ich habe mehr Gras in meinem
Zimmer. Willst du rauchen kommen?«

In diesem Moment stolpern zwei betrunkene *weiße* Typen
in Anzügen in uns hinein. Sie sind in ihren Zwanzigern, sehen
aber nicht wie Studenten aus. Einer von ihnen fragt mich:
»Hast du Gras zu verkaufen, *Bruder?*«
Er hat schiefe Zähne und einen lückenhaften Bart.

Ich bin nicht sicher, ob er gehört hat, was Lennie gesagt hat, oder ob er einfach nur zwei Schwarze mit Locs gesehen und daraus Schlüsse gezogen hat.

Ich antworte: »Nein, Alter.«

Sein Anzug ist hellgrau mit weißem Hemd und schwarzer Krawatte. Er wendet sich an Lennie und fragt: »Was ist mit dir, *Großer?*«.

Der zweite Kerl, der bisher ruhig war, stellt sich mir in den Weg. »Du lügst! Ich kann es riechen. Wie viel?« Er ist glatt rasiert und sein Atem riecht nach Bier. Sein Anzug ist marineblau mit einem weißen Hemd und roter Krawatte; er greift in seinen Blazer und holt zwei Zwanziger und einen Fünfer heraus.

Lennie schiebt den blauen Anzug von mir weg. »Bleib weg, Mann. Er hat Nein gesagt.« Lennie starrt ihn an. » Ich sage euch, ihr solltet beide weitergehen.«

Kampf oder Flucht?

Das Geld noch in der linken Hand,
hebt blauer Anzug
seine Hände in die Luft und sagt:
»Tut mir leid«, erst zu Lennie, dann zu mir:
»Tut mir leid.«

Der graue Anzug steht aufrecht, streicht
seine schwarze Krawatte glatt und knöpft
seinen Blazer zu.
»Steck dein Geld weg, Colin. Lass uns gehen.«

Als sie weggehen, wende ich mich an Lennie
und sage: »Wenn ich es mir recht überlege,
lass zurück zu dir gehen.«

Zurück auf dem Campus, nach einem
weiteren Joint mit Lennie,
stolpere ich in mein Zimmer.

In meinem Badezimmer gehe ich ganz nah
an den Spiegel, als wolle ich
mein Spiegelbild küssen.
Ich ziehe mein Haar von meinem Gesicht weg,
zeichne über meinen linken
Wangenknochen und die Kieferlinie,
fahre mit dem linken Zeigefinger
über meine Nase, dann
nehme ich die Schere in die Hand:
Das ist die Veränderung. Ich schneide.

Ich lasse eine Loc nach der anderen
auf den Boden fallen.

Ich entledige mich etwas,
das andere Leute benutzen,
um mich zu definieren,
es fällt zu meinen Füßen.

Einen Moment lang denke ich,
ich sehe sie schlängeln
wie die Schlangen der Medusa.

Ich sammle mein Haar vom Boden auf
und halte meine Faust hoch voll eines Teils von mir,
den ich nicht mehr haben will.
Ich schaue in den Spiegel und lache
über das, was ich sehe. Es selbst zu schneiden,
fühlte sich fantastisch an, aber jetzt
muss ich es professionell nachschneiden lassen.

Mein Poster von Bob Marley
hat sich gelöst
an der oberen rechten Ecke
und hängt über sich selbst herab.

Ich glätte es und
drücke die Ecke mit dem Klebegummi zurück
an die Wand. »Es hat sich nichts geändert
zwischen uns«, sage ich zu Mr. Marley.

Am Morgen
gehe ich zu einem Schwarzen Barber Shop
in Brighton. Er ist wie jeder andere Schwarze Barber Shop,
den du in London finden würdest.
Der Friseur an der Tür hat einen leeren Stuhl.
Die anderen sind mit Haareschneiden beschäftigt.
Ich frage ihn, ob er mir einen Schnitt mit Übergängen geben
kann. Ich denke an Kieran aus der Schule und daran,
wie seine Übergänge immer absolut sauber ausgesehen haben.

»Kein Problem. Bist du Student?«, fragt er,
»Wenn ja, kriegst du einen Rabatt.«

»Ja.«

Er fragt, was ich studiere, und zeigt
auf seinen Stuhl.

»Englisch«, erzähle ich ihm und setze mich.
Er wirft mir den Umhang über
und befestigt ihn in Halshöhe.
Er fragt: »Was für einen Job macht man damit?«

Ich sage ihm: »Ich möchte Schriftsteller werden.
Ich schreibe Gedichte und irgendwann
will ich ein Buch veröffentlichen.«

Er fragt, worüber ich schreibe.

Was ich nicht sage, ist: *über mein Coming-out.*
Was ich nicht sage, ist: *darüber, mit Männern zu schlafen.*
Ich sage: »Identität und so.«

Mehr fragt er mich nicht.

Mum und Anna
kommen endlich für einen Tagesausflug nach Brighton.

Wir laufen an
der Strandpromenade entlang und Mum sagt:
»Wir wollten dich
an deinem Geburtstag überraschen,
aber du hast so gestresst von deinen Essays
geklungen.
Da haben wir entschieden,
dass wir dich nicht unterbrechen sollten.
Wir haben dich so sehr
vermisst. Ich kann nicht glauben, dass
du deine Haare geschnitten hast.
Ich bin froh, dass du es mir am
Telefon gesagt hast. Sonst wäre es ein
totaler Schock gewesen.
Du siehst nicht mehr aus wie
du selbst.«

Anna schnaubt: »Das ist Unsinn,
Mami.
Wenn er er selbst ist, wie
kann er dann nicht aussehen wie er selbst?«

Mum antwortet: »Okay,
Klugscheißerin. Vielleicht solltest du
schon zur Universität gehen?«

Anna lacht. »Ich habe noch nicht mal
meinen mittleren Schulabschluss gemacht, Mami.«

»Was ich meine«, sagt Mum,
»ist, dass ich immer deine Haare geschnitten habe.
Du siehst aus wie damals, als du
ein kleiner Junge warst.«

Ich drehe mich zu Anna.
»Wie findest du es?«

»Es sieht gut aus, aber
vermisst du deine Locs nicht?«

»Nicht wirklich. Ich fühle mich jetzt leichter.
Leute können keine Vermutungen
über mich anstellen. Bevor ich sie abgeschnitten habe,
war ich hier am Strand, *genau hier,*
und dieser Typ kam zu mir
und hat gefragt, ob ich ihm Gras verkaufen könnte.
Als ich Nein gesagt habe, hat er *ernsthaft* gesagt:
›Du lügst!‹ Könnt ihr das glauben?«

Anna antwortet: »Aber du weißt nicht,
ob es nur wegen deinen Haaren war.
Es könnte auch nur, weil du Schwarz bist,
gewesen seinund er könnte denken,
dass alle Schwarzen Männer Drogendealer sind.
Es war ein *weißer* Typ, oder?«

»Ja, er war
weiß, aber …« Ich halte inne.

Es ist mir nicht in den Kopf gekommen,
bevor Anna es gerade gesagt hat:
Die Vermutung, die Leute machen,
dass ich ein Drogendealer bin, könnte
nichts mit der Frisur zu tun haben,
sondern einfach damit,
dass ich Schwarz bin.

Wir laufen in Stille für eine Zeit,
aber die Möwen
sind noch immer
am Erzählen.

»Du rauchst kein Gras,
oder Michael?«, fragt Mum.

»Nein, Mami. Nicht wirklich.«

»Was heißt ›Nicht wirklich‹?«

»Es heißt, ich kaufe es nicht
und sicher verkaufe ich es nicht,
aber wenn Freund*innen es mir anbieten,
kann es sein, dass ich mal ziehe.«

»Du bist hier zum Studieren,
Michael, nicht, um Drogen
zu nehmen.«

Nachdem wir gegessen haben,
gehen wir zur Spielhalle am Steg.

Anna und ich
treten auf der Dance-Battle-Maschine gegeneinander an
und dann am Air-Hockey-Tisch.

Dann fahren wir drei
zusammen mit der Achterbahn
am Ende des Stegs.
Anna und ich in einem Sitz zusammen,
und Mum dahinter.

Ich fühle die kühle
Meeresbrise auf meinem neu enthüllten
Kopf und an den Ohren,
während wir die geschwungenen Bahnen entlangrasen.
An einem Punkt
fühlt es sich an, als würden wir in den Himmel schießen
und für einen Moment fliegen, bevor
wir in das Wasser
stürzen.

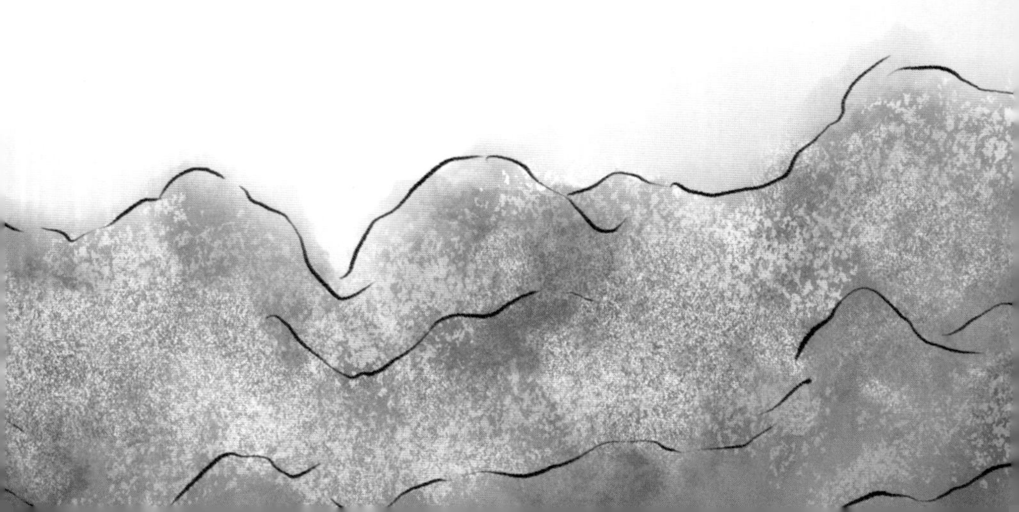

Ich stelle mir vor, wie wir alle
so sterben, festgebunden
in unseren Sitzen, unfähig zu entkommen,
zusammensinkend
in einem Achterbahn-Wagen.
Nur für einen Moment,
aber es fühlt sich real an.

Ich atme einen tiefen Schub der
kalten Luft ein und halte Annas Hand fest.

Eine liebende Familie zu haben,
ist, Angst zu haben und trotzdem zu glauben,
dass alles in Ordnung sein wird.

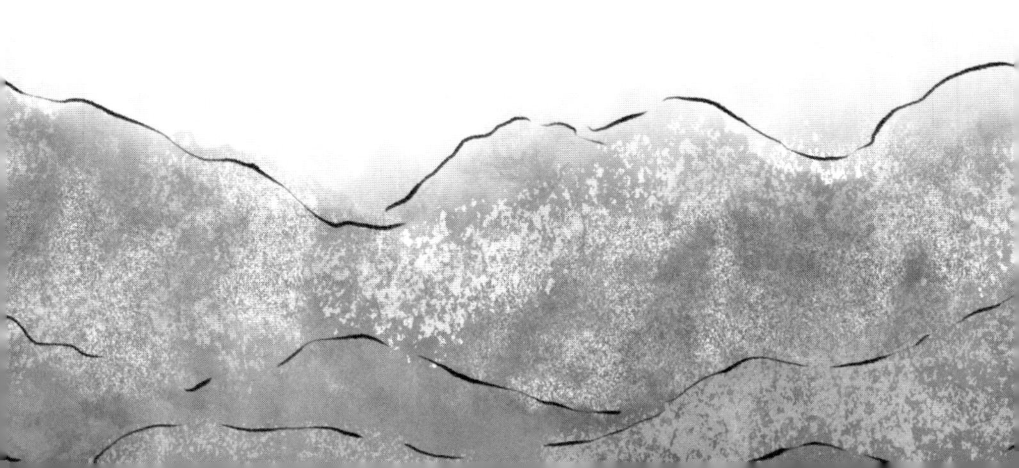

Mum und Anna
wollen shoppen gehen
in der historischen Altstadt – in *The Lanes,*
und in der *North Lane.*
Ein Haufen schräger Boutiquen.

Mum sagt, wenn ich mitkomme,
kauft sie mir etwas. Und so kriegt
sie mich immer dazu,
mitzukommen.

Einmal, als ich noch in der
Schule war, hat sie gesagt:
»Du bist schwul, du musst
Shoppen doch mögen.«

Ich habe eine Woche nicht
mit ihr gesprochen.

Zwei Stunden später
haben Mum und Anna
je vier Einkaufstüten.
Ich trage eine neue
schwarze Wollmütze
und in meiner Einkaufstüte
habe ich ein pinkfarbenes T-Shirt,
schwarze Hosen und Schuhe, die
Mum für mich ausgewählt hat.

Ich bringe sie zurück
zur Bahnstation,
wo ich sie fünf Stunden vorher
getroffen hatte,
und als ich Mum
umarme, lässt sie
nicht los. Als ich es tue,
als ich meine Arme zur Seite
fallen lasse, drückt sie mich
noch fester.

Anna sagt: »Mami, wir verpassen
den Zug.«

Mum murmelt
in meine Schulter:
»Ist mir egal.
Es gibt noch andere Züge.«

Ich bemerke, dass Mum weint.
Ich schließe meine Arme wieder um sie.
Ich hatte nicht realisiert, dass sie mich
so sehr vermisst.

Als sie endlich loslässt,
sagt sie: »Oh, das habe ich fast vergessen.«
Mum greift in ihre Handtasche
und zieht den Plüschflamingo heraus.
»Warum wolltest du, dass ich den mitbringe?«

»Um mich an zu Hause zu erinnern«, sage ich,
weil ich denke, es klingt richtig.

In Wirklichkeit wird er Teil meines Drag-Auftritts sein.

Beim Treffen der Drag-Gruppe in der Woche darauf
fühlt es sich an, wie Nachhausekommen –
meine Drag-Familie versucht, mir zu helfen,
meine Persona noch weiter zu entwickeln.

Ich habe meinen Song für die Lippensynchro gefunden:
Back to Black von Amy Winehouse,
aber die Version gesungen von Beyoncé
auf dem *The Great Gatsby* Soundtrack.

Ich habe meine Heels mitgebracht
und Mzz B. leiht mir eine schwarze Federboa.

Ich habe mich noch nicht für ein Kleid entschieden,
also probe ich meine Lippensynchro vor ihnen
in meiner regulären Kleidung. Eine Jeans und ein Pulli,
aber mit meinen High Heels an den Füßen
und der geliehenen Boa um meinen Hals.

Ich fühle mich dem Vollständigsein
ein wenig näher.

Lippensynchro ist Pantomime …

… zu einer anderen Stimme,
oder sogar deiner eigenen Stimme,
aber es muss vorher aufgenommen sein.

Es könnte ein Popsong sein,
eine berühmte Rede aus einem Film,
einer Serie, von Politiker*innen –
etwas Bekanntes.
Aber dein Auftritt
sollte sich originell anfühlen.

Du versuchst nicht,
die Person zu sein, du benutzt
nur deren Worte, um etwas
Neues zu sagen.

David sagt, er könne mir ein schwarzes
Tutu und einen Body leihen, für mein Drag.

Außerhalb der Drag-Gruppe ist David Katy.
Während wir zusammen zu ihrem Zimmer
auf dem Campus laufen,
um die Kleidungsstücke abzuholen, frage ich:
»Warum hast du ein Tutu, wenn du ein
Drag King bist?«

»Ich habe einfach ein Tutu«, sagt sie.
»Ich trage es einfach manchmal zum Spaß.«

Katys Drag King Persona ist David Peckham.
Modelliert nach dem Fußballer David Beckham?

»Du weißt doch, wer David Beckham ist«,
sagt Katy. »Victoria Beckhams Ehemann.
Ich trage die Trikots der verschiedenen Mannschaften
in denen er gespielt hat, aber ich mache die Lippensynchro
zu den Spice Girls.
Füge ein wenig Gesichtsbehaarung hinzu–«
Sie hält inne.
»Wirst du deinen Bart abrasieren?«

»Nein, das würde den Punkt verfehlen«, sage ich.
»Aber was *ist* der Punkt?«, fragt sie
unverblümt – es fühlt sich beleidigend an.

»Du scheinst nicht viel an dir ändern
zu wollen für den Auftritt«,
sagt sie. »Du willst den Bart behalten,
aber trotzdem so tun, als wärst du Beyoncé?«

»Das ist es nicht«, sage ich. »Ich will nicht
so tun, als sei ich jemand anderes. Nicht mehr.«

»Und wer ist Der Schwarze Flamingo?«,
fragt Katy mit echter Neugier.

Ich antworte:

**»Ich, wer ich war, wer ich bin,
wer ich hoffe zu werden.
Jemand Anmutiges,
ungestüm und stark.
Mit oder ohne Kostüm.«**

Katys Kleiderschrank ist voller Farben,
er erinnert mich an den Camden Market.

Ich schaue runter auf meinen grauen Pulli
und die marineblaue Jeans und denke über
den Rest meiner Kleidung nach. Das ist
meine Uniform. Ich habe die Schule verlassen,
aber schau, wie sehr ich noch immer angepasst aussehe.

Das einzige helle Teil, das ich besitze, ist das
pinkfarbene Hemd, das mir Mum gekauft hat.

Ein pinkfarbener Kunstfellmantel fällt mir ins Auge.
Ich frage: »Kann ich den auch ausleihen?«

»Ja, klar«, sagt Katy. »Dazu gibt es eine passende Tasche,
falls du sie willst.«

Es fügt sich alles, denke ich. *Alles, was ich jetzt noch brauche,
sind eine Perücke und Make-up.*

Zuerst erledige ich den einfachen Teil.
Ich gehe in die Innenstadt zum Partyladen
und kaufe eine pinkfarbene Perücke.

Es ist der klassische pinkfarbene Bob:
das pinkfarbenste Pink und die ikonische Bob-Frisur.
Ein kurzer Bob mit einem Pony, wie der, den Natalie
Portman in dem Stripclub im Film *Hautnah* trägt,
wie Scarlett Johansson es in der Karaoke-Szene in
Lost in Translation trägt.
Aber ich weiß, wenn Leute mich so sehen,
werden sie sofort an Nicki Minaj denken.

Als Nächstes geht's zur Make-up-Abteilung im Kaufhaus.
Niemand sonst in der Drag-Gruppe hat meine Hautfarbe.
Mzz B.s Haut ist mehrere Nuancen dunkler als meine,
also weiß ich, ich muss meine eigene
Foundation kaufen. Ich weiß nicht, was sonst noch.

Es gibt so viele Marken zum Auswählen,
aber hinter einer der Theken
sehe ich eine Person mit einem Bart und einem voll
geschminkten Gesicht. Ich nähere mich lächelnd.

Auf deren Namensschild steht »Eden«.

Ich erzähle Eden vom Auftritt und wie ich
aussehen möchte. Dey erklärt mir:
Abdeckstift, Foundation, Konturierung,
Highlighter, Rouge, Lipliner, Lippenstift,
Mascara, aufgeklebte Wimpern, Lidschatten
und zuletzt Nagellack.

Ich bemerke zwei Mädchen in Schuluniform,
die uns zusehen.
Sie kommen näher.

»Du siehst toll aus!«, sagt eine von ihnen zu mir.
»Können wir ein Foto machen?«

Ich bin ekstatisch!
Beide Schulmädchen machen
ein Selfie mit mir, dann zusammen,
auf jeder Seite von mir eine.
Als die Mädchen gehen,
fangen die Tränen an.

Eden reicht mir eine Box mit Taschentüchern.
Ich wische meine Tränen weg und sehe das schwarze
und braune Make-up auf dem zerknitterten weißen
Taschentuch in meiner Hand. Ich sehe in den Spiegel.
und fühle mich nicht mehr anmutig.

Mein erstes Mal, komplett geschminkt.
Ich fühle mich verunsichert und überwältigt.
Ich bitte Eden, mir Abschminktücher zu reichen,
was dey macht. Dann sagt Eden:
»Ich kriege fünfzig Prozent Angestelltenrabatt,
falls du den benutzen willst.«

Kostüm-Sicherheit

Ich verhülle mich in Make-up und
Federn und hoffe auf Applaus.
Ich beschwöre dich als Metapher;
verbinde meine Bedeutung mit dir.
Oh, Schwarzer Flamingo, hier stehe ich
in deinem Schatten. Du bist
mein Kostüm, meine Muse,
meine Haltung und wie ich stolziere,
meine Poesie und mein Ziel,
aber wenn ich nackt bin
und schlicht,
fühle ich mich nicht deiner
Aufmerksamkeit würdig.

Ich hab es alles hier,
ausgebreitet auf meinem Bett,
Perücke und Make-up,
Body und Tutu,

Strumpfhosen und High Heels,
Federn und Kunstfell,
aber ich bin noch nicht bereit,
es alles anzuziehen.

Ich weiß nicht, wofür
ich es anziehe.
Ich bin immer noch nicht ganz
sicher, was ich versuche, zu vermitteln.

Die Drag-Show ist morgen
und ich habe Mzz B. zu mir eingeladen,
um meine ganze Aufführung zu sehen.

Ich wollte fertig sein, wenn dey hier
ankommt, aber ich bin nicht
glücklich mit meinem Make-up.
Ich habe es schon dreimal aufgetragen
und abgeschminkt. Ich weiß, es ist nicht
das Wichtigste.

Ich habe mir vorgestellt, die Tür
zu öffnen und perfekt in Drag gestylt zu sein,
mysteriös und charmant zu sein,
selbstsicher und stark,
aber im Moment bin ich ein Wrack.

Mein Tisch ist voller Make-up
und Abschminktücher mit Braun,
Schwarz, Pink, Rot, Silber und Gold,
das ich versucht habe, auf mein Gesicht
aufzutragen, aber jetzt sehe ich chaotisch aus.

Als Mzz B. ankommt, erkläre ich:
»Ich bin nicht bereit. Ich kann das nicht.«

Mzz B. schiebt
mein Make-up und die Tücher
auf eine Seite meines Tisches
und setzt sich auf den Platz,

den dey freigemacht hat.

»Deine Lippensynchro ist großartig,
deine Choreografie ist gut,
und deine Poesie ist wundervoll!

Make-up ist nicht, was deinen Auftritt ausmacht.
Deine Leidenschaft und Geschichte sind das, was
das Publikum wirklich sehen möchte.

Glaube mir, Schatz, du bist bereit.
Schau, ich werde dein Make-up höchstpersönlich
machen, wenn es sein muss.

Tatsächlich
werde ich dafür keine Zeit haben,
aber jemand von den anderen wird es.
Wir sind eine Familie.
Wir halten dir den Rücken frei.«

Dey steht auf und will gehen.

»Bevor du gehst«, sage ich nervös.
»Ich möchte etwas zu meinem Auftritt hinzufügen.«
Ich gehe zu meinem Bett und öffne den Laptop.

»Eine Powerpoint-Präsentation?«, spottet Mzz B.

»So ähnlich. Es sind Menschen, die ich
online gefunden habe, die ich inspirierend finde.
Kann ich es dir bitte zeigen?«
Ich reiche Mzz B. meinen Laptop.

Ich sehe demm zu wie dey weiterklickt und
zustimmend nickt. »Das sieht ziemlich gut aus, Schatz.
Ich meine, du wirst nie alle überzeugen können.
Aber das ist ein guter Start.«

»Ich habe gedacht, ich könnte dich zur Liste
hinzufügen, wenn es dir nichts ausmacht.«

»*Mich?!*«, sagt Mzz B. übertrieben,
während dey mir mit
einem großen Grinsen meinen Laptop zurückgibt.
»Na, ich sehe nichts, was dagegenspricht.«

Als Mzz B. geht, bin ich aufgeregt und
entscheide, Lennie anzurufen und ihn
zur Drag-Show einzuladen.

Bevor ich die Chance habe, etwas zu sagen,
sagt Lennie: »Du musst telepathisch sein.
Ich wollte dir gerade schreiben.
Meine Cousine Kim ist hier aus London
und sie hat von einem Club erzählt,
der Hip-Hop, R&B, Dancehall
und Afrobeat spielt. Kim sagt, es ist quasi
ein Schwarzer LGBTQIA+-Club. Sie geht und Sienna
und ich würden mitgehen. Kim fährt uns nach
London. Willst du mit? Es werden ich,
Sienna und Kim dabei sein.«

»Bitte komm mit, Mike«, sagt Sienna
im Hintergrund.

»Seit wann machst du Pläne mit
Sienna?«, frage ich Lennie.

»Seit du dich verdrückt hast«, antwortet Lennie.
Er hat recht, in letzter Zeit war ich kein guter Freund.
Ich war nur mit mir selbst beschäftigt.

»Kann ich noch jemanden mitbringen?«, frage ich.

»Warte mal«, sagt Lennie,
und das Telefon verstummt,
dann: »Ja, Kim sagt da ist noch Platz
für eine weitere Person im Auto.«

»Sie ist schon in London«, antworte ich.
»Erinnerst du dich? Ich hab dir von meiner Freundin Daisy erzählt?«

»Daisy? Oh, ja. Sie hat eine feste Freundin, oder?«

»Ja.«

»Das ist schade, sie hat geklungen, als wäre sie der Typ meiner Cousine.«

Ich höre Sienna und ein weiteres Mädchen,
was Kim sein muss, lachen.

»Ich schicke dir Kims Adresse und Daisy kann
uns dort treffen, um ...« Lennie hält inne.

»Neun«, sagt Kim.

»Neun«, wiederholt Lennie. »Komm rüber, beeil dich.«

MICHAEL: Ich bin heute Abend in London!!!!

DAISY: Yaaaay!!!! Wirst du bei deiner Mum sein?

MICHAEL: Nein. Ich gehe in einen Club mit Freund*innen von der Uni. Willst du mitkommen?

DAISY: In welchen Club? Wo ist der?

MICHAEL: Ich weiß nicht. Wir treffen uns um 9 Uhr bei jemandem. Ich schick dir die Adresse.

DAISY: Aber was für ein Club? Welche Musik?

MICHAEL: Schwarzer LGBTQIA+-Club.
R&B, Hip-Hop

DAISY: Du weißt, dass ich dazu nicht tanzen kann! 😓

MICHAEL: Komm einfach! Das wird Spaß machen!

DAISY: Beschützt du mich vor den Lesben? 😂

MICHAEL: 🤣🤣💀

In der Schlange vor dem Club sind ich,
Daisy, Sienna, Lennie und Lennies Cousine
Kim. Wir haben bei Kim vorgetrunken
und alle verstehen sich gut.
Die Schlange betrachtend, bemerke ich,
dass ich für den Ort ein bisschen zu schick angezogen bin.
Ich trage ein pinkfarbenes T-Shirt, schwarze Hosen
und schwarze Schuhe, die Mum mir gekauft hat.

Daisy trägt ein glitzerndes rotes Kleid.

Vorhin habe ich gescherzt, dass es aussieht wie das
Kleid, das sie in der neunten Klasse gekauft hat.
»Es ist das Kleid«, meinte sie lachend.
»Ich hab es rausgekramt, der alten Zeiten zuliebe.«

Kim, die ruhiger spricht und zierlich ist,
trägt einen übergroßen Trainingsanzug in Schwarz
und ein Basecap, und sieht aus wie ein Teenager-Junge.

Sienna hat sie vorhin gefragt, ob sie ein trans Mann ist,
woraufhin sie geantwortet hat: »Ne, ich bin eine
Soft-Butch-Lesbe.«

Sienna trägt ihr grünes Kleid
und Lennie trägt seinen grünen Trainingsanzug.

Wir kommen in den Club und es sind
viele Leute wie Kim gekleidet. Aber
es sind auch Leute in allen Formen und Größen
in engen, figurbetonten Kleidern
und kurzen Hosen mit bauchfreien Tops,
die flache Bäuche, Muskeln und
wippende Bäuche zeigen. *Es ist wunderschön!*

Die meisten hier sind Schwarz. Alle
tanzen. Es ist kein Song, den ich wiedererkenne, aber
ich fühle den Beat und nicke mit dem Kopf dazu.
»Lasst uns eine Runde Drinks holen«, sagt Lennie.
»Gute Idee«, antwortet Sienna. »Zur Bar!«
Und wir bewegen uns alle zusammen in Richtung Bar,
alle außer Kim, die schon verschwunden ist.

Ich suche die Menge nach ihr ab, als
ich ihn sehe. Aber ich muss mir das einbilden.
Wunschdenken. Es kann unmöglich sein.

»Daisy, Daisy, sieh mal da rüber! Siehst du
die Person, die den Handstand macht? Da
drüben? Dahinter ist eine Person mit
grünen Haaren. Links daneben. Siehst du?«

»*Nein!* Kann nicht sein!«, sagt Daisy und greift
nach meinem Arm, während wir zusammen
in unsere nahe Vergangenheit starren.

»Sieht aus wie er, oder?«, sage ich. Und
für eine Sekunde denke ich, er sieht in
unsere Richtung.

»Jap«, sagt Daisy. »Aber selbst wenn,
du kannst nicht davon ausgehen, dass er schwul ist,
nur weil er hier ist. Er könnte einfach mit Freund*innen
hier sein.« Sie zeigt auf Lennie und Sienna,
die sich an der Bar küssen.

Wir beobachten ihn aufmerksam.
»Ist er heißer geworden?«, fragt Daisy.

»Nein«, antworte ich. »Er sieht genau gleich aus.
Vielleicht bist du jetzt nur weniger rassistisch?«

»Oh mein Gott, Michael. Du bist so fies!
Was ist mit dir an der Uni passiert?«

Ich weiß nicht, wo ich beginnen soll,
diese Frage zu beantworten.

Ich beobachte ihn weiter, während er etwas zu
der Person mit grünen Haaren sagt
und dann in der Menge verschwindet.

Wenn Daisy ihn nicht auch gesehen hätte,
hätte ich es nicht geglaubt.

»Mikey, hier ist dein Drink«, sagt Lennie
und gibt mir, wie ich annehme, eine Rum
Cola, wie wir in Kims Wohnung getrunken
haben. »Wen checkt ihr beide ab?«

»Er ist weg. Wir dachten, wir haben einen Typen,
mit dem wir beide zur Schule gegangen sind, gesehen.
Aber ich kann ihn nicht mehr sehen.«

Mein Gesicht muss all meine Emotionen zeigen,
denn Lennie fragt: »Warum geht ihr nicht nach
ihm suchen? Wo habt ihr ihn zuletzt gesehen?«

Ich denke an die Schule und ihn,
wie er mir vom Fußballfeld aus zugewunken hatte.

»Es ist zu voll hier, um irgendjemanden zu finden.
Wir haben ja schon deine Cousine verloren.«

Lennie lacht. »Kim ist nicht verloren,
sie ist da drin, exakt da, wo sie sein will,
vertraue mir. Sie ist eine Frauenheldin.
Die Geschichten, die sie mir erzählt hat.
Sie ist eine Playerin.
Eine echte Herzensbrecherin.«

Ich spüre eine Hand auf meiner Schulter. »Entschuldige«,
sagt er, direkt an meinem Ohr, und ich drehe mich zu ihm.
»Michael? Du hast deine Haare geschnitten,
aber ich habe dich von ganz da hinten erkannt.«

Kieran trägt ein enges schwarzes Top und ich kann
den Umriss seiner Brustmuskeln und den oberen Teil
seiner Bauchmuskeln erkennen. Seine Jeans sind schwarz
und eng, seine Schuhe sind schwarze Boots,
vielleicht Wildleder.

»Kieran, ja, hi. Erinnerst du dich an Daisy?«
Ich bin nervös, weiß nicht, was ich zu ihm sagen soll.

»Ja, na klar. Ihr wart ja unzertrennlich.«

Er öffnet seine Arme und umarmt Daisy,
und ich bin eifersüchtig, dass sie ihn
zuerst umarmen kann.

Ich platze raus: »Kann *ich* eine Umarmung kriegen?«

Er lächelt. »Ich habe eine bessere Idee –
wie wärs mit einem Tanz?« Er zwinkert.
»Warum gibst du nicht diesem Bruder eine Chance?«

Ich gebe Daisy meine Rum Cola und
nehme Kierans Hand.

Er führt mich zur Tanzfläche.
Beyoncés *Sweet Dreams* läuft gerade.

Mit Kieran zu tanzen, ist besser als ein Traum.
Er legt seine Hand auf meine Hüften
und zieht mich zu ihm.
Er winkelt beide Beine an, um seinen Unterleib
mit meinem in einer Höhe zu vereinen,
und wir schwingen von einer zur anderen Seite,
finden einen gemeinsamen Rhythmus.

Seine rechte Hand verlässt meine Hüfte
und streichelt dann die Seite meines Gesichts.
Ich lehne meinen Kopf in seine Hand.
Ich habe mal gesehen, wie er jemanden
mit dieser Hand zu Boden geschlagen hat.
Er hebt mein Kinn an und lehnt sich zu mir und
küsst mich, so sanft, keine Zunge. Nur ein kleiner Kuss.

Dann lehnt er sich zurück und lächelt.
Legt seine Hand wieder auf meine Hüfte.

Kieran aus der Schule.
Kieran, dem ich beim Fußball im Sport-
unterricht und in der Pause zugeschaut habe.
Kieran, der nett zu mir war,
immer so nett. War *das* der Grund?
Ist das jetzt noch wichtig?

»*Kieran!*«, kommt eine Stimme von hinter mir.

»*Kieran!*« Noch einmal. Jetzt
sehe ich, wem sie gehört.
Das Mädchen mit den grünen Haaren.
»Kieran, deine Schwester übergibt sich draußen.
Ich bestelle ein Taxi, jetzt.«
Sie schnippst mit den Fingern
beim Wort «*jetzt*«.

Seine Hände fallen von meiner Hüfte.
»Oh, Scheiße!«, sagt Kieran. »Alles klar, ich komme.
Gib mir eine Minute.«

»Okay, du hast *buchstäblich* eine Minute.«
Sie steht dort mit verschränkten Armen.

»Warum gibst du mir nicht deine Nummer?«,
sage ich und reiche Kieran mein Handy. Ich kann den
Todesblick von Miss Green Hair fühlen.

»Ja, cool«, sagt Kieran, während er seine Nummer
in mein Handy tippt. Er gibt es mir zurück.

Miss Green Hair klatscht einmal in ihre Hände,
zum Wort »*Wundervoll!*« so sarkastisch klingend,
wie es geht. »Jetzt lass uns gehen, Kieran!«
Sie zieht ihn durch die Menge. Und ich denke nur,
Miss Green Hair ist so frech!

Ich sehe zu meinen Freund*innen an der Bar.
Niemand von ihnen schaut zu mir.
Also gehe ich in die entgegengesetzte Richtung
zu den Toiletten.
Ich schließe mich in einer Kabine ein und
schreibe ein Gedicht in mein Handy.

Ich möchte frech sein

Ich war freundlich.
Ich war furchtsam.
Ich war falsch.
Doch ich war nie frech.

Ich war frustriert.
Ich wurde vergessen.
Ich habe vergeben.
Doch ich war nie frech.

Ich will fabelhaft sein.
Ich will farbenprächtig sein.
Ich will vorführen, was ich habe.
Ich will frech sein.

Ich gehe zur Gruppe zurück.

»Ich werde mal gehen«, sage ich zu denjenigen,
die gerade zuhören.
Lennie sieht mich mitfühlend an.
»Mikey, was ist mit dem Typen passiert?«

»Es war gut«, sage ich. »Aber er musste los.
Und ich fühle den Ort hier nicht mehr so.«

Sienna sagt: »Na, wir haben gerade darüber gesprochen,
zurück zu Kim zu fahren.«

Sobald wir im Taxi sind, schlafe ich
auf Siennas Schulter ein.

»Nicht alle Engel haben weiße Flügel«,
sagt der Schwarze Flamingo in meinem Traum.

Auch ich bin ein Schwarzer Flamingo
in dem Traum. Wir beide stehen

auf den Kieseln
vom Strand in Brighton. Der Meeresschaum

schwappt auf die Schwimmhäute unserer Füße.
Möwen kreisen über uns.

»Wer bist du?«,
frage ich, komme dabei einen, zwei Schritte näher.

»Michael Brown«, sagt der Schwarze Flamingo.

»Michael Angeli«, antworte ich und
breite meine Flügel aus.

»Mikey«,
sagt der Schwarze Flamingo
und breitet seine Flügel aus wie ich.

»Michalis«, krächze ich.
»Mike«, krächzt er zurück.

Wir picken uns gegenseitig an,
wobei unsere Schnäbel sich
festhaken. Einmal, zweimal.

Die Möwen lachen.

Wir ziehen uns langsam zurück und falten
unsere Flügel zusammen.

Ich wache auf.

Scheiße!

Ich sollte heute morgen auf dem Campus sein
und Flyer verteilen. Die Show der Drag-Gruppe
ist heute Nacht.
Ich springe vom Sofa auf, trete über Lennie
und Sienna auf dem Boden, klopfe mich ab.

Wo ist mein Handy?

Ich trete zurück über das schlafende Paar
und suche zwischen den Sofaritzen.

Gefunden!

Ich renne aus der Tür zur U-Bahn,
komme an der Victoria Station an,
nehme den Zug zurück nach Brighton.

KATY: Brauchst du heute Morgen noch Hilfe?

KATY: Aufwachen!

KATY: Auf dem Weg, dir mit dem Make-up zu helfen.

KATY: Ich bin draußen.

KATY: Wo bist du?

KATY: Du dreckiger Ausreißer!

KATY: Ich bin zurück zu mir,
um mich fertig zu machen.

KATY: Sehe dich dann auf dem Bibliotheksplatz?

KATY: Geht es dir gut?

KATY: Kommst du heute noch?

KATY: Lass mich wissen, ob es dir gut geht.

KATY: Mzz B. fragt, wo du bist.

KATY: ??

MICHAEL: Katy! Sag allen, dass es mir leidtut!

KATY: Was ist passiert?

MICHAEL: Ich war gestern Nacht in London.
Aber ich bin jetzt auf dem Rückweg.
Ich werde nicht in Drag sein, aber ich verteile Flyer.

KATY: Ok. Ich sag Mzz B., dass du auf dem Weg bist.

MICHAEL: 🙏

MICHAEL: Bist du wach? Ich bin in der Bahn zur Uni.

DAISY: Ja, geht's dir gut? Wie war's bei Kim?

MICHAEL: Ich bin im Taxi eingeschlafen.
Und diesen Morgen bei Kim aufgewacht.

DAISY: Wir waren alle betrunken.

MICHAEL: War Kieran wirklich da?

DAISY: Ja! Erinnerst du dich nicht?

MICHAEL: Doch, schon. Aber erzähl's mir?

DAISY: Ihr habt getanzt. Ihr habt euch geküsst!!!!

MICHAEL: Du hast es gesehen?

DAISY: Ja! Es war so süß!

MICHAEL: Denkst du, ich sollte ihm schreiben?

DAISY: Auf jeden Fall!

MICHAEL: Was soll ich sagen?

DAISY: Sag einfach: »Hey, hier ist Michael«

MICHAEL: 👍

MICHAEL: Hey, hier ist Michael

Die gesamte Drag-Gruppe soll
im Kostüm vor der Bibliothek stehen.
Alle sind da, nur ich nicht. Ich bin zwei Stunden zu spät.
Mzz B. ist mehr als enttäuscht, als dey mich sieht.

»Spar dir die Ausreden. Verteile die einfach«,
sagt dey und drückt mir den Stapel Flyer
auf meine Brust. Dey schüttelt den Kopf
und wendet sich ab.

Mzz B. geht zur tragbaren Tonanlage
und nimmt das Mikrofon in die Hand. »Heute
Nacht präsentiert die Drag-Gruppe den Glitzer-Ball,
die fabelhafteste Show, die ihr je erleben werdet.
Diese großartigen Drag Kings und Queens
werden euch auf eine Weise unterhalten und
unterrichten, wie es die Bücher in dieser
Bibliothek niemals könnten.«

Katy sagt:
»Keine Sorge, ich weiß, wie einschüchternd es sein kann,
zum ersten Mal in der Öffentlichkeit in Drag zu sein …«

Ich erzähle Katy:
»Ehrlich gesagt wollte ich es machen.
Aber ich hatte die verrückteste Nacht.
Ich habe einen Typen getroffen,
in den ich in der Schule total verliebt war,
aber ich hätte nie gedacht, dass er schwul ist.
Er hat Fußball und Prügeleien geliebt
und, ja, das war es eigentlich schon.
Ich hätte nie gedacht, dass er auf mich stehen könnte.«

Katy sagt:
»Hab ich dir je erzählt, wie groß
die Kontroverse war, als David Beckham
1998 einen Sarong, quasi einen Rock trug?«

Ich sehe Katy verwirrt an.
»Ich war damals noch nicht am Leben und
du auch nicht.«

Ich schaue sie an, England-Fußballtrikot,
falsche Bartstoppeln, die Haare in Cornrows,
sie sieht wirklich aus wie auf den Fotos,
die ich von David Beckham in den Neunzigern
online gesehen habe.

Ich denke an Kieran
Wird er zurückschreiben?

Ich denke an Justin Fashanu,
der erste offen schwule
professionelle Fußballer.
Ich denke daran, wie meine Schwester
meine Kleidung tragen
und mit meinen Spielzeugen spielen konnte,
und es erscheint mir nicht fair.

MICHAEL: Hey, hier ist Michael

Mzz B. kommt rüber und sagt:
»Es gibt immer noch nächstes Semester,
wenn du dich für heute Abend noch
nicht bereit fühlst.«

»Ich bin bereit«, rufe ich aus.

Mzz B. sieht mich von oben bis unten an
und hebt eine Augenbraue.

»Ich meine, jetzt bin ich noch nicht so weit,
aber ich werde es heute Abend sein.«

Ich sehe Simon und Mia
auf dem Bibliotheksplatz;
sie bemerken mich zuerst nicht
und ich bin erleichtert.

Aber ich bin bei einer Gruppe
von Drag-Künstler*innen
in ihren vollen Outfits.

Sie sehen die Gruppe
und mich, der schlicht gekleidete Komplize.

Mia ist auf eine Art freundlich,
die deutlich zeigt, dass sie weiß,
was passiert ist
zwischen mir und Jack.

Simon streckt seine Hand
zum Händeschütteln aus.
Ich lege einen Flyer in seine Handfläche.

Mia sagt, während sie den Flyer
von Simon nimmt: »OMG, ja!
Ich liebe Drag!«

Simon spielt gelassen.
»Klar, wir kommen alle mit«, sagt er.

Er sagt: »Jack ist hier
über das Wochenende.«

Ich sehe hinter sie beide
und dann hinter mich,
erwarte ihn zu sehen,
Jack.

»Entspann dich«, sagt Simon.
»Er schläft noch auf meinem Sofa.«

Meine Handflächen fühlen sich verschwitzt an,
ich umklammere die Flyer fester,
um sie nicht fallen zu lassen.
Ich halte inne, um mich zu fassen.
»Klar, fühl dich frei, ihn mitzubringen,
wenn du willst.«

MICHAEL: Hey, hier ist Michael

KIERAN: Hey, Michael! Geht's dir gut?

Ich sehe Lennie und Sienna
auf den Bibliotheksplatz laufen,
Hand in Hand.

Sie kommen direkt zu mir.

»Na, sieh mal einer an, wen wir hier haben«, sagt Sienna.

»Ich sehe niemanden«, sagt Lennie.

»Oh, ja, stimmt. Ich dachte ich hätte Mike gesehen,
aber er muss wohl wieder verschwunden sein.«

Ich verdrehe meine Augen. Glaube, sie haben es geprobt.

»Tut mir leid, Leute. Ich musste zurück.
Ihr habt geschlafen.«

»Du hättest schreiben können«, sagt Lennie.
»Kim hat dich meinen unhöflichen Freund,
der nicht Tschüss oder Danke sagt, genannt.«

»Ernsthaft?« Ich fühle mich beschämt. »Rufst du Kim an,
damit ich mich entschuldigen kann?«

»Ich mach nur Witze.« Lennie lacht.
»Kim hat noch geschlafen, als wir gegangen sind.«

Erleichtert haue ich Lennie mit meinem Stapel Flyer.

Ich erzähle ihnen von der Drag-Gruppe
und unserer Show heute Nacht.
Sie sehen beide überrascht aus,
aber sagen, dass sie kommen.

MICHAEL: Hey, hier ist Michael

KIERAN: Hey, Michael! Geht's dir gut?

MICHAEL: Jep. Wie geht's deiner Schwester?

KIERAN: Dee geht's gut.
Sie kann einfach nicht viel trinken.

MICHAEL: Ich wusste nicht, dass du
eine Schwester hast. Wie alt ist sie?

KIERAN: Was meinst du, du Trottel? Du kennst meine
BÖSE ZWILLINGSSCHWESTER! Ihr habt zusammen
eine Aufführung im Theaterkurs gehabt.

MICHAEL: WTF?! SIE IST DEINE
ZWILLINGSSCHWESTER?!
Wie konnte ich das nicht wissen?

KIERAN: Keine Ahnung, Mann.

~~**MICHAEL:** Wusstest du,
dass sie mich gemobbt hat?~~

KIERAN: Ich hab die Vorführung gesehen.
Ich werde nicht lügen. Ich war eifersüchtig,
als du Rowan geküsst hast.

MICHAEL: Ich hab dich mal im Kino gesehen. *Moonlight*. Erinnerst du dich?

KIERAN: Ja, du warst zwei Reihen vor mir. Ich habe dich mehr angesehen als den Film. Du bist weggerannt, als du mich gesehen hast!

MICHAEL: Warst du auf einem Date mit einem Mädchen?

KIERAN: Warst du auf einem Date mit Daisy?

MICHAEL: Nein, ich bin schwul.

KIERAN: Ich war auf einem Date. Ich bin bi.

~~**MICHAEL:** Bist du gerade Single?~~

KIERAN: Bist du Single?

MICHAEL: Ja.

KIERAN: Kann ich dich bald wiedersehen?

MICHAEL: Ja

Ich bin glücklich wegen Kieran,
aber kann nicht anders,
als an Destiny zu denken.
Und wie sie mich gemobbt hat,
ohne zu wissen,
dass ihr eigener Zwillingsbruder
die gleiche Art von Sünder ist.

Ich denke an ihre Entschuldigung.

Hat sie sich nur schuldig gefühlt,
weil es etwas war, das so
nah an ihr dran war?

Ich schätze, es ist nicht wichtig.

Ich habe ihr schon verziehen
und jetzt könnte Destinys Bruder
mein Mann werden.

GLITZER-BALL

Wie man Drag-Künstler*in wird

Dein Geschlecht ist von Bedeutung, aber sollte dich nicht limitieren. Kenne dein Publikum; wenn möglich, schau dir Shows in der Location an, bevor du dort auftrittst. Sei dir bewusst, dass dein Publikum unterhalten werden möchte. Sei dir bewusst, dass du deinem Publikum oder irgendjemandem sonst nicht unbedingt das geben musst, was sie wollen.

Sei dir bewusst, dass dein Publikum Annahmen über dich treffen wird, deine Geschlechtsdarstellung und das Geschlecht, das dir bei der Geburt zugewiesen wurde. Dein Geschlecht ist nicht, worum es geht. Erinnere dich daran, dass dies ein Charakter ist. Es ist ein Spiel mit Geschlechterrollen, aber nicht unbedingt deinem eigenen Geschlecht.

Sei dir bewusst, was du willst, bevor du dich entscheidest, wie du aussehen möchtest.
Lass dir von Freund*innen helfen. Wenn du keine hast, finde welche. Schau dir Online-Tutorials an. Merke dir, Augenbrauen sind Schwestern, keine Zwillinge. Gehe zu Kosmetik Theken in Kaufhäusern und probiere die Produkte aus.

Behalte die Kassenzettel – sie überzeugen dich,
mehr zu kaufen, als du brauchst
oder jemals benutzen wirst.
Sei dir bewusst, dass dein Hautton von
Bedeutung ist. Nicht nur, um den richtigen
Farbton der Foundation zu finden, sondern auch,
um den richtigen
Ton für deinen Auftritt zu finden.
Mach kein Blackfacing … es sei denn …

Nein, mache es einfach nicht. Merk dir,
Make-up macht deine Drag-Performance nicht aus,
Kleidung macht deine Drag-Performance nicht aus –
deine Einstellung und Intentionen sind, was
sie ausmacht. Ästhetik ist nicht alles,
aber sieh nicht chaotisch aus, es sei denn, es ist
mit Bedacht. Mache alles bedacht.

Behalte die Kontrolle, auch wenn du planst,
dass es wie Chaos aussieht. Lies den Raum.
Sei tollkühn, aber kein Arsch. Schlage oder
tritt nicht nach unten in gesellschaftliche Gruppen,
die weniger Macht oder Privilegien haben als du.
Klemme ihn weg, wenn du willst. Stopfe deine Hose
mit Socken, wenn du willst.

Trage Brustplatte, um dir Brust- und Bauchmuskeln zu geben, oder Busen, wenn du willst. Polstere deine Hüfte und deinen Hintern, wenn du willst. Schnüre deine Taille fest, wenn du willst. Rasiere dich oder füge Haare hinzu, wenn du willst. Mache keine dieser Änderungen, wenn du nicht willst.
Sei dir bewusst, warum du das willst.

Wenn du nicht weißt, warum,
warum zur Hölle machst du das hier?
Wirklich, warum zur Hölle machst du es?
Frage dich in der Nacht davor,
warum zur Hölle mache ich das?
Frage dich am Morgen,
warum zur Hölle mache ich das?

Frage dich den ganzen Tag
bis zum Auftritt hin,
warum zur Hölle mache ich das?
Frage dich am Abend des Auftritts,
warum zur Hölle mache ich das?
Wenn dir keine Antwort einfällt,
was ist das Schlimmste, was passieren könnte?

Eine Fehlfunktion der Kleidung, ein technisches Desaster mit deiner Musik oder den Scheinwerfern? (Wer, denkst du, bist du, dass du Musik und Scheinwerfer hast?) Du könntest von der Bühne fallen. Du könntest dir in die Hose machen, falls du nicht schnell genug aus dem Kostüm kommst, wenn du auf die Toilette musst.

Wenn es Zeit ist, die Bühne zu betreten,
sei dir bewusst, dass du nicht bereit sein wirst.
Es geht nicht darum, bereit zu sein,
es geht nicht darum, frech zu sein
oder furchtlos, es geht darum, frei zu sein.

Ich hab keinen Plan ,was ich hier mache,
aber das wird mich nicht aufhalten.

Wie es ist, Drag-Künstler*in und Schwarz zu sein (für die von euch, die es nicht sind)

Es bedeutet, zu wissen, dass, wenn man die Bühne betritt, die Leute von dir erwarten, dass du alle Schwarzen Menschen repräsentierst. Es bedeutet, die einzige Schwarze Person in der Reihe zu sein, eines der einzigen Schwarzen Gesichter im Raum.

Es bedeutet, sich Sorgen zu machen, ob eine *weiße* auftretende Person eine Nummer in Blackface machen wird. Es bedeutet, sich zu sorgen, dass dein Auftritt zu Schwarz, nicht universell genug sein könnte. Es bedeutet, sich zu sorgen, dass du nicht unterhaltsam genug bist oder frech genug oder verwegen genug.

Es bedeutet, Sorgen von Universalität aufzugeben und du selbst zu sein. Es bedeutet, zu machen, was sich echt anfühlt.
Es bedeutet, zu wissen, dass Drag zu machen und trans zu sein, nicht das Gleiche ist.
Es ist gendernonkonform. Es ist Gender brechend.
Es ist sich von Gender loslösend.

Es ist eine Performance. Es ist, dir von niemandem erklären zu lassen, was dein Drag bedeutet. Es ist nicht wirklich für das Publikum. Es ist für deine Befreiung. Es ist, zu wissen, dass danach nichts mehr so sein wird, wie es war. Es ist eine Wiedergeburt.

Es ist, dich selbst zu gebären. Es ist, dir einen neuen Namen zu geben. Es ist, dir selbst ein neues Narrativ zu geben. Es bedeutet, dass dein Name nicht in Vergessenheit gerät. Es ist Marsha P. Johnson, die dich vom Himmel aus anlächelt. Es ist ein Erbe.

Es ist eine Schwarze Queen, die einen Ziegel warf, der eine Bewegung entfachte. Es ist, sich von Null aus zu erschaffen.
Es ist, deine Geschichte wiederzubeleben.
Die Gegenwart zu
überleben. Die Zukunft zu gestalten.

Es ist Afrofuturismus. Afrozentrisch. Schwarz, *Black, Blackity-black.* Batty bwoy, *Schwächling,* es ist queer, schwul, tuntig. Es ist deins und es ist deins. Es ist meins. Es ist Zeit, aus dem Schatten und in das Scheinwerferlicht zu treten.

Ich mache mein Make-up in der Umkleidekabine fertig,
alle anderen sind schon bereit.

Ich habe mein komplettes Gesicht geschminkt,
aber ich kämpfe damit, meine Wimpern aufzukleben.

Mzz B. fragt: »Warum hast du sie nicht früher aufgeklebt?
Du solltest immer mit den Augen anfangen.«

Ich schnauze demm an: »Du hast leicht reden,
das zu sagen, aber du hast uns nie etwas
über Make-up beigebracht. Du hast gesagt, Make-up
macht unseren Auftritt nicht aus.«

»Klar, Schatz«, sagt Mzz B.
»Aber jedes YouTube-Tutorial wird dir sagen,
›Du fängst immer mit den Augen an.‹
Das sind die Grundlagen.«

»Tja, ich *kenne* die Grundlagen nicht!«,
schreie ich. »Du solltest uns doch
die Grundlagen beibringen, oder?«

»Sie muss sich beruhigen«, sagt
Mzz B. und wendet mir den Rücken zu.
»Kann ihr jemand helfen?«

Und ich mag es, als *sie* bezeichnet zu werden,
aber ich weiß nicht, warum.

Katy hilft mir, meine Wimpern aufzukleben
und den Lidschatten neu aufzutragen,
den ich bei meinen früheren misslungenen Versuchen,
die Wimpern anzubringen, verschmiert habe.

»Du siehst umwerfend aus, Mike«, sagt Katy.

»Du siehst ziemlich gut aus«, sage ich zu ihr.

Ich sehe mir alle in ihren Outfits an
und es ist, als würden wir gleich ein Stück aufführen,
für das wir unser ganzes Leben lang
getrennt voneinander geprobt haben.

Ich habe den Auftritt der anderen
noch nicht vollständig gesehen
und sie haben meinen auch noch nicht gesehen,
trotzdem werden wir diese Show zusammen abliefern.

Mzz B. stellt mich vor
und das Publikum klatscht leicht.

Ich erkenne Siennas Solidaritäts-»Wuhuu«,
während ich hinter der Bühne tief einatme
in meinen Flügeln. Ich sehe Sienna
und Lennie vorne sitzen,

als ich auf die Bühne trete
in meinem geborgten pinkfarbenen
Flauschmantel und der Handtasche.
Pinkfarbene Perücke und schwarze Heels,
der Rest ist noch versteckt.

Ich stehe auf der Mitte der Bühne
im Scheinwerferlicht und sage:

**»Zieh das Kostüm an.
Trage was du willst.
Wo denkst du,
dass du hingehst, so angezogen?**

**Welches Kostüm
ist nicht von Bedeutung,
ein Hexenkostüm,
Werwolf, Vampir,
Zombie, Mummy,
Daddy?**

Wer liebt mich?
Kleide dich in seiner Liebe.
Verzweiflung ist die Liebe
für die Dinge, die nicht
mehr hier sind
oder es niemals waren.

Liebe ist ein Kostüm.

Der *Sohn* ist ein Kostüm,
das du achselzuckend an- und ausziehst.

Mum ist ein Kostüm,
in das sie sich reingequetscht
hat für dich.

Dad ist ein Kostüm,
ausrangiert für andere Männer
zum Anprobieren.

Vielleicht wird es
jemandem passen.
Vielleicht wächst
du hinein.

Vielleicht schrumpft es,
um dir zu passen, Barbie Boy.«

Ich entscheide, nicht für Applaus innezuhalten, und fahre fort: **»Als junger Flamingo wurden mir pinkfarbene Spielzeuge gegeben.«**

Ich greife in meine Tasche und
ziehe den pinken Plüschflamingo,
den Mum in Zypern gekauft hat, heraus.

»Meine Familie hat mich geliebt,
meine Farbe, meine Pracht.
Mein Anderssein wurde bemerkt,
aber nicht abgewertet.
Ich habe mich trotzdem ausgeschlossen gefühlt.«

Ich halte diesen nächsten Teil meiner Rede direkt ans Plüschtier gerichtet.

»Der Schwarze Flamingo sieht im Spiegelbild der Oberfläche des Salzsees und versteht nicht, warum ein Schatten zu ihm zurückstarrt. Er sieht nicht wie die anderen Flamingos um ihn herum aus, er fühlt sich seiner eigenen Herde fremd, fremd in seiner eigenen Familie.«
Ich lege den Flamingo zurück in die Tasche.

»Du siehst großartig aus«, ruft Mia,
und ich erkenne, wo sie, Simon und Jack sind.

»Ich weiß«, antworte ich und das Publikum lacht.

»Ich habe um mich und online immer Schwarze Exzellenz gesehen, aber es hat sich nicht angefühlt wie meine, da ich nicht als vollständig Schwarz angesehen wurde.
Hatte das Gefühl, meine Queerness hat mich noch weniger Schwarz gemacht.

Während ich hier beides, Schwarz und queer bin, und bestätige, dass ich existiere, bin ich hier und war ich hier lange vor diesem Moment, die ersten Menschen waren Schwarz, und Queerness geht seiner modernen Bedeutung voraus, Queerness geht seiner abwertenden Bedeutung voraus, Queerness geht dem Kolonialismus voraus und dem Christentum.
Queerness geht jedem Hass, der damit verbunden ist, voraus.

Ich rufe: Ich bin Schwarz
Ich rufe: Ich bin queer.
Ich rufe: Ich bin schön.
Ich rufe: Ich bin unendlich.
Ich rufe: Ich bin ikonisch.
Ich rufe: Ich bin futuristisch.

Und du« – ich zeige auf Jack –
»kannst mich später anrufen.«

Das Publikum bricht in schallendes Gelächter aus.
Jack verschränkt seine Arme und schrumpft in seinem Sitz.

Ich breite meine Arme aus
in einer Geste zum ganzen Publikum.

»Wenn ihr mich ruft, nennt mich:
Der Schwarze Flamingo.

Ich gebe euch ein paar Ratschläge:
Fünf Dinge, die ihr nicht sagen solltet,
wenn ihr mit einem Schwarzen Flamingo sprecht:

Nummer eins: ›Kann ich deine Federn anfassen?‹
Nummer zwei: ›Ist es wahr, was man über die
Größe eurer Flügel sagt?‹

Das Publikum lacht wieder, lauter sogar dieses Mal.
Ich mache weiter, fühle mich ermutigt.

Nummer drei: ›Ich bevorzuge Pink, aber …‹

Nummer vier: ›Ich liebe unseren Farb-Kontrast.‹

Nummer fünf: ›Du weißt, was sie sagen,
einmal mit Schwarzen,
immer mit Schwarzen.‹

Lennie schreit: »Sag's ihnen!«

Als Nächstes kommt meine
Burlesque-Routine.
Ich ziehe mich aus,
während ich
zu *Back to Black,*
gesungen von Beyoncé,
Lippensynchro mache.

Ich öffne und schließe
andeutungsweise
meinen pinkfarbenen Kunstfellmantel,
bevor ich ihn auf den
Boden fallen lasse.

Ich reiße die
pinkfarbene Perücke ab
und werfe sie
in das Publikum.

Ich tanze
mit der Federboa,
dann wickle ich sie um
eine lächelnde Person in der ersten Reihe.

Ich rutsche aus dem Tutu
und kicke es davon.
Die Menge
rastet aus, für mich!

Ich stehe da, triumphierend,
in einem Body und High Heels,
einem voll geschminkten Gesicht
und einem Bart
und spreche mein Schlusswort.

»Ich bedanke mich bei
Adam Lowe, Ajamu X,
Alice Walker, Alicia Garza,
Alvin Ailey, Angela Davis,
Audre Lorde, Bayard Rustin,
Bessie Smith, Big Freedia,
Billie Holiday, Campbell X,
Carl Phillips, Chardine Taylor Stone,
Danez Smith, Dionne Brand,
Diriye Osman, Don Shirley,
Dorothea Smartt, Essex Hemphill,
Frank Ocean, Gina Yashere,
Jackie Kay, Jacob V Joyce,
Jacqueline Woodson, James Baldwin,
Janelle Monáe, Janet Mock,
Jay Bernard, Jean-Michel Basquiat,
Jericho Brown, Josephine Baker,
June Jordan, Kayza Rose,
Kei Miller, Keith Jarrett,
Kele Okereke, KUCHENGA,
Labi Siffre, Lady Phyll,
Langston Hughes, Lasana Shabazz,
Laverne Cox, Le Gateau Chocolat,

Lorraine Hansberry, Ma Rainey,
Marsha P. Johnson, Meshell Ndegeocello,
Mia McKenzie, MNEK,
Munroe Bergdorf, Mykki Blanco,
Mzz Kimberley, Nikki Giovanni,
Octavia E. Butler, Opal Tometi,
Patrik-Ian Polk, Patrisse Cullors,
Paula Varjack, Rhys Hollis,
Rikki Beadle-Blair, Roxane Gay,
RuPaul, Rudy Loewe,
Saeed Jones, Samira Wiley,
Sapphire, Skin,
Staceyann Chin, Stephen K. Amos,
Syd, Tarell Alvin McCraney,
Thomas Glave, Topher Campbell,
Tracy Chapman, Travis Alabanza,
Wanda Sykes, Yrsa Daley-Ward
und natürlich bei
›Em-Zett-Zett geschrieben.
Ihr könnt demm Mzz B. nennen‹.
Deine Kunst und dein Aktivismus
haben mich inspiriert,
hier auf dieser Bühne zu stehen
und mich frei zu fühlen.«

Gesichter erscheinen, eines nach dem anderen auf dem Bildschirm hinter mir, alle Menschen, die ich erwähnt habe.

Ich deute in ihre Richtung

und verschwinde in den Flügeln.

Es gibt eine Pause,
bevor der Applaus beginnt.

Siennas Rufen wird ergänzt
von vielen weiteren Stimmen

und es gibt ein großes Gejubel, als Mzz B.
auf die Bühne kommt, um die Pause anzukündigen,
deren Foto dabei hinter demm projiziert wird.

Ich gehe in das Publikum,
um meine Freund*innen zu begrüßen. Sienna und Lennie
sagen gemeinsam: »Gut gemacht!«

Simon, Mia und Jack kommen herüber,
also stelle ich alle vor. In Heels
kann ich Jack direkt in die Augen sehen.
Er fragt: »Können wir privat reden?«

»Sicher«, sage ich. Schlendere in Richtung
des Raucherbereichs und er folgt mir.
Es ist nicht so privat, aber wenigstens
können wir uns hier gegenseitig hören.
»Also, was ist los?«, frage ich beiläufig.

»Ich habe an dich gedacht«, sagt Jack
in leisem Ton und tritt näher.
»Jeden Tag seit dieser gemeinsamen Nacht.
Ich muss dir sagen, dass ich nicht hetero bin
und du warst nicht der erste Typ,
mit dem ich geschlafen habe. Das ist etwas, das ich sage –
sage den Typen, dass ich nicht schwul bin,
um sie dazu zu bringen, mich zu wollen,
um eine Trophäe zum Gewinnen zu werden,
es ist eine Figur, die ich spiele;
es ist mein Auftritt und ich bin gut darin.
Zu sagen, dass ich hetero bin, passt zu mir.
Ich wüsste nicht, wie ich schwul sein kann,
nicht öffentlich, nicht stolz,
nicht so wie du.
Ich könnte nicht tun, was du tust,
ich könnte nicht so mutig sein, so offen,
nicht dort, wo ich lebe, wo ich arbeite,
nicht in meiner Familie.
Mein Bruder weiß es,
aber er will es nicht einsehen.
Es tut mir leid, was er zu dir gesagt hat,
und es tut mir leid, dass ich dich angelogen habe.«

Ich nehme Jacks Entschuldigung an,
sage ihm, ich hoffe, er findet seine Wahrheit
und findet heraus, wie er sie erzählen kann.
Wir umarmen uns und gehen wieder rein.

Aber das ist nicht, was passiert ist,
das war nur eine süße Fantasie.

SEI EINFACH EIN MANN

Er fragt: »Können wir privat reden?«

»Sicher«, sage ich. Schlendere in Richtung
des Raucherbereichs und er folgt mir.
Es ist nicht so privat, aber wenigstens
können wir uns hier gegenseitig hören.
»Also, was ist los?«, frage ich beiläufig.

»Was soll all das?«, Jack zeigt auf mich.
»Mein Bruder sagt, du würdest heute
Abend auftreten, aber ich dachte,
es würde Poesie sein, wie als wir uns
zuerst getroffen hatten. Ich wusste nicht,
dass ich zu einer schwulen Nacht komme
und du wie ein Mädchen angezogen bist.
Ich verstehe das einfach nicht, Mike.
Du bist ein talentierter Autor,
das hier brauchst du alles nicht,
es ist so peinlich, zu viel.
Warum kannst du nicht einfach ein Mann sein?«

Und er schreit mich mittlerweile an:
»Warum musst du dich auf diese Art
hinter einem Kostüm verstecken?«

Und ich weiß nicht, ob er mit mir
oder sich selbst redet.

»Du siehst lächerlich aus, Mike.
Ich schäme mich für dich.«

Und der ganze Raucherbereich sieht
uns an und ich weiß nicht,
ob ich sagen soll, was ich
ihm wirklich gerade sagen will.

Kampf oder Flucht?

Ich schreie:

»Du schämst dich für mich?
Ich muss kein *Mann* sein,
nicht für dich oder sonst jemanden.
Ich trete nicht für dich auf
oder für sonst jemanden.
Was ich trage, ist für mich. Was ich schreibe, ist für mich.
Ich bin mein eigener Mann
und du bist ein verängstigter
kleiner Junge. Wer bist du,
dass du hierherkommst und mich anschreist?
Wir haben einmal miteinander geschlafen,
Jack. Du kennst mich nicht.
Du kennst meine Geschichte nicht
und ich kenne deine nicht,

aber gerade möchte ich es auch nicht.
Wenn das ist, wer du bist, Jack,
möchte ich dich nicht mehr kennen.

Ich war so aufgeregt, dich
heute hier zu sehen, wie du mich unterstützt.
Ich dachte, wir könnten Freunde sein,
oder wenigstens einen Abschluss finden.
Na ja, *das* ist mal ein *Abschluss.*
Weißt du was? Ich schäme mich auch.
Schäme mich, weil ich meine Jungfräulichkeit
an dich verloren habe.
Was für eine Verschwendung. Was für eine Schande.
Aber weißt du was? Was auch immer!«

Und der größte Teil
unseres Publikums ist im Raucherbereich.
Sie haben meinen Auftritt vorhin gesehen und jetzt das.
Es ist wie eine Zugabe für sie.

Sie fangen alle an, zu klatschen und zu jubeln,
sogar lauter als vorhin.

Ich drehe mich um und verbeuge mich, und als
ich mich zurück drehe, ist von Jack nichts mehr zu sehen.

Während ich in der Umkleidekabine
mein Kostüm ausziehe,
erzähle ich die Geschichte
meiner Drag-Familie nach.

Ich wünschte, sie wären dabei gewesen,
aber ich weiß, dass jemand von ihnen
zu meiner Verteidigung gesprungen
wäre, sobald Jack zu schreien anfing.

Ich habe mich selbst verteidigt.
Vielleicht mehr gesagt, als ich
hätte sollen, aber ich fühle mich
so gut. Sogar besser, als ich mir
hätte vorstellen können.

Ich wünschte, Jack hätte sich
geändert, ich wünschte, er hätte sich
entschuldigt, aber ich bin zufrieden,
ihm meine Meinung gesagt
zu haben.

Ich versuche, die
geliehenen Sachen,
aus denen mein Kostüm bestand, zurückzugeben.

»Behalte sie«, sagt Katy.

»Auch den Mantel?«, frage ich.

»Besonders den Mantel.« Sie lacht.
»Eine eiskalte Queen wie du …
du musst dich warm anziehen.«

Alle kichern darüber.

Katy spricht weiter: »Frohe Weihnachten!«
Als ich versuche, die Federboa
an Mzz B. zurückzugeben, sagt dey:
»Gehört dir. Du bist geboren,
um diese Federn zu tragen!«
»Dankeschön«, sage ich, »und es tut mir leid,
dass ich dich vorhin angeschrien habe.«

Mzz B. sagt: »Ich wusste, dass diese Wut
nichts mit mir zu tun hatte.«

EPILOG

Wie man sich outet

Nicht.
Oute dich nicht, es sei denn, du willst es.
Oute dich nicht einer anderen Person zuliebe.
Oute dich nicht, weil du denkst,
die Gesellschaft erwartet es von dir.
Oute dich für dich selbst.
Oute dich dir selbst gegenüber.
Schrei es, sing es.
Stottere leise.
Korrigiere die, die behaupten,
sie hätten es vor dir gewusst.
So funktioniert Sexualität nicht.
Es ist deine Aufgabe, es zu definieren.
Feminin zu sein, macht dich nicht schwul.
Sensibel zu sein, macht dich nicht schwul.
Schwul zu sein, macht dich schwul.
Sei ein bisschen schwul, sei sehr schwul.
Sei Glitzer, der an
unerwarteten Orten auftaucht.
Sei schreibend …
auf WhatsApp,
aber lass sie warten.
Schmeiß dir selbst eine Party,
aber lade sonst niemanden ein.
Lade alle zu deiner Party ein,
aber sei spät dran oder komme überhaupt nicht.

Wenn du ungeoutet unglücklich bist,
aber Angst vor dem Danach hast,
öffne die Tür einen Spalt und rufe hinaus.
Wenn du ungeoutet glücklich bist,
sei es auch nur für den Moment,
verkleide dich, bis du
das richtige Outfit gefunden hast.
Mach dir keine Sorgen, es ist in Ordnung,
zu sagen, dass du schwul bist, und es später
mit etwas auszutauschen, das dir besser passt,
sich besser anfühlt.
Schaue Filme, die es weniger beängstigend
aussehen lassen:
Beautiful Thing, Moonlight.
Sei Südost Londoner Sozialwohnungen,
eine Tanzfläche am Tag,
sein Kopf auf deiner Schulter.
Sei South Beach, Miami,
eine Nacht aus Wasser und Feuer,
dein Kopf auf seiner Schulter.
Sei der Stoff seines T-Shirts,
die Muskeln seiner Schulter, deiner Schulter,
sei die Ziegelsteine, der Sand,
sei der Fluss, das Meer.
Denke daran, dass dein Leben kein Film ist.
Akzeptiere, dass
du dich dein ganzes Leben lang outen wirst.

Nimm Rat an von
Menschen und Quellen, denen du vertraust.
Wenn deine Mutter dich vor HIV warnt,
innerhalb von Minuten nach deinem Coming-out,
versuche zu verstehen, dass sie dich liebt
und Angst um dich hat.
Wenn du dein Coming-out mit fünfzehn hast,
ist das kein Ehrenabzeichen.
Es ist egal, in welchem Alter du dich outest.
Sei etwas Schönes, *A Beautiful Thing.*
Sei auch das *Moonlight.*
Vergiss nicht, dass du das Recht hast, stolz zu sein.
Vergiss nicht, dass du das Recht hast, du zu sein.

Danksagungen

Die Erstellung dieses Buches wurde ermöglicht durch finanzielle Unterstützung von *The Authors' Foundation, Metal Southend, New Writing South, Seedbed Christian Community Trust, Spread The Word, Tri-Borough Libraries,* dem *University of Sussex Development and Alumni Relations Office* und der Studierendenvereinigung der Universität Sussex.

Danke an meine Familie, meine Freund*innen und meinen Therapeuten.

Danke an meine langjährigen Mentor*innen, Benjamin Zephaniah, Charlie Dark, Jacob Sam-La Rose, Peter Kahn und Polar Bear alias Steven Camden.

Vielen Dank an Michael Twaits und meine Abschlussklasse des *The Art of Drag* Kurses; an Ben Connors und den *Tate London* Schulen und Lehrkräften dafür, dass sie schon früh an dieses Buch geglaubt haben.

Danke an meine Agentin Becky Thomas, die sich für mein Manuskript eingesetzt hat und ihm ein Zuhause bei *Hodder Children's Books* fand. Meiner Lektorin Polly Lyall Grant dafür, dass sie die Vision hatte, dass aus einer Gedichtsammlung ein Versroman werden kann.
Anshika Khullar für ihre umwerfenden Illustrationen. Alice Duggan für ihr erstaunliches Design; und dem Rest des Dreamteams, das an diesem Buch gearbeitet hat, darunter Emily Thomas, Felicity Highet, Joelyn Esdelle, Katherine Fox und Susie Palfrey.
Vielen Dank an John Agard und Patrice Lawrence für Rat und Unterstützung beim Einstieg in die Welt des Schreibens für Kinder und junge Erwachsene; Elizabeth Acevedo, Jacqueline Woodson, Jason Reynolds, Sally Green und Sarah Crossan, deren Bücher mir gezeigt haben, wie man das macht.

Den Schüler*innen der zehnten Klasse der *Shoeburyness High School,* die mir ein so erstaunliches erstes Publikum waren. Leila Rasheed von *Megaphone* für die Mentoren-Sitzung zur Halbzeit. Malika Booker für die liebevolle Betreuung in der Endphase; Amyra Leon, Andrew McMillan, Caroline Bird Bird, Joel Kelly, Joshua Judson, Keith Jarrett, Kostya Tsolákis, Matt Beavers, Sabrina Mahfouz, S.K. Perry, Travis Alabanza und alle Mitglieder von *Malika's Poetry Kitchen* und dem *Keats House Poets Forum* für das Feedback und die Ermutigung.

Ein besonderer Dank geht an R. A. Villanueva, der, als ich zum ersten Mal ein Gedicht mit dem Titel »The Black Flamingo« beim *Keats House Open Mic* vorstellte, sagte: »Das wird der Titel deines nächsten Buches sein.«

Danke an Tom, der mich auf dieser Reise unterstützt hat und mir half, zu glauben, dass Happy Ends möglich sind.

Hier findest du Unterstützung, wenn du Fragen hast oder dich weiter informieren möchtest:

Deutschland:

ADAS
Anlaufstelle für Diskriminierungsschutz an Schulen
https://adas-berlin.de/

EACH ONE TEACH ONE (EOTO) e. V.
https://www.eoto-archiv.de/antidiskriminierungsberatung/

ENTKNOTEN
Beratungsstelle gegen Alltagsrassismus und Diskriminierung
https://www.alltagsrassismus-entknoten.de

Einfach Queer
Sexuelle und geschlechtliche Vielfalt erklärt in einfacher Sprache
https://einfachqueer.wixsite.com/einfach-queer

GLADT
Eine Selbstorganisation von Schwarzen, Indigenen und of Color Lesben, Schwulen, Bisexuellen, Trans*, Inter* und Queeren Menschen in Berlin.
https://gladt.de/

Lambda
Bundesverband für queere Jugendliche
https://lambda-online.de/

Queer Lexikon
Eine Online-Anlaufstelle zu sexueller, romantischer und geschlechtlicher Vielfalt
https://queer-lexikon.net/

Queermed
Verzeichnis für queerfreundliche und sensibilisierte Ärzt*innen, Therapeut*innen & Praxen
https://queermed-deutschland.de/

Schweiz:

Milchjugend
Queere Jugendorganisation
https://milchjugend.ch/

du-bist-du
Beratung für queere Jugendliche durch queere junge Menschen
https://du-bist-du.ch/

LGBT+Helpline
Beratungsanegbot für queere Personen, auch nach Gewalterfahrungen
https://www.lgbtiq-helpline.ch/

Österreich:

COURAGE
Eine Partner*innen-,Familien- & Sexualberatungsstelle
https://www.courage-beratung.at/

Queermed
Verzeichnis für queerfreundliche und sensibilisierte Ärzt*innen, Therapeut*innen & Praxen
https://queermed.at